いぬのえいが

小説・ポチは待っていた

竹内清人

角川文庫 13694

目次

プロローグ

ガタゴトと、やけに騒がしい音がして、ボクは目を覚ました。小屋の中から首を出すと、外はまだ真っ暗だ。鼻先に、ヒリヒリと冷たい風がしみた。

音は家の中から聞こえてくる。

おかしいな、明かりもついてないのに？

もしかして、ドロボウかな?!

前にお父さんが言ってたっけ。「おまえは誰にでもシッポをふっちゃうから、ドロボウよけにならないな」、って。ドロボウっていうのは、家の人がいない時にこっそりやってきて、勝手に中の物を持っていっちゃう人のことらしい。でも、今はみんないる時間だ。家の人になにかあったら大変だ、早く知らせなくちゃ!!

ボクは「ウ〜ッ」とうなってやった。いつもシッポをふってるわけじゃない。ボクだって、ドロボウを追っ払うことぐらい出来るんだ。

お庭のそばの窓が、少しだけ開いて声がした。

「しっ、静かにして」

お母さんの声だった。

良かった、ドロボウじゃなかったんだ。でも、今日はずいぶん早起きだな?

少ししてから、家のドアが開くとお父さんとお母さん、それからマサルくんが出てきた。お父さんとお母さんは、両手に大きな荷物をかかえている。マサルくんはいつものランドセルを背負って、その手にはボクのごはんの〈愛犬モリモリ〉が入った袋をぶら下げていた。みんな、お出かけをするみたいだ。お父さんとお母さんはお庭にとめてあるクルマに乗りこんだ。

マサルくんがボクの小屋の前にやってきて、ボクのごはん皿にたっぷりの〈愛犬モリモリ〉をよそってくれた。何日もお出かけする前には、ボクのお腹が減らないように、いつも多めに入れてくれる。

お母さんがクルマの中から「マサル、早くしなさい！」と呼んでいる。なんだか怒っているような声だった。

マサルくんが、残りの〈愛犬モリモリ〉の袋を小屋の横に置いた。それからボクの体をひきよせると、いきなりだきしめてきた。いつもより強くて、少し痛かった。その顔を見ると、目が真っ赤になっている。きっと家の中で泣いていたんだろう。

お母さんがおりてきて、マサルくんの腕をつかんでひっぱった。あんまり強くひっぱったから、だきしめられたボクの体もひっぱられた。

「マーちゃん、ダメなの。連れてけないのよ」

「どうして？　だって家族じゃん！」

マサルくんが、お母さんを見上げて言い返した。

「この子を連れてってもね、もう育ててあげることが出来ないの」

お母さんがマサルくんの体を後ろからだきしめて言う。「お母さんもお父さんもね、マーちゃんを守ってあげるだけで精一杯なの。だから、この子を幸せにしてあげることは出来ないの」

クルマがブルルンと鳴いてゆれはじめた。

「いこう、マーちゃん」

マサルくんの腕が、ボクの体からはなれた。そしてボクに手を振った。

「……バイバイ」

バイバイ？　聞いたことない言葉だな。どういう意味なんだろう？

マサルくんは背を向けると、クルマに戻っていくお母さんの後を追っていった。ふたりが乗りこむと、クルマはブルルンとさっきより大きな声で鳴いて走りだした。後ろの窓からマサルくんがふりかえって、ボクの方に手を振っていた。その手がどんどん小さくなっていく。クルマはお庭から門を抜けて、ボクとマサルくんが散歩に行くいつもの道に曲がっていってしまった。

いってらっしゃい。早く帰ってきてね。

ボクは小屋の中にもどって、また少し眠ることにした。お日さまがのぼるまでには、まだ時間がある。

＊　＊　＊

小屋の屋根をボッボッとたたく音がする。

雨が降っていた。

お日さまは黒い雲の中にかくれていた。小屋の前のごはん皿には、ブョブョにふくれあがった〈愛犬モリモリ〉がこんもり盛り上がっている。

あ〜あ、せっかくのごはんが台なしだ……。

雨をはね上げて、門の前に大きなトラックとクルマが二台とまった。中からたくさんの男の人たちがおりてきて、家の庭にふみ込んでくる。

男の人たちがドアの前に固まってなにかをはじめた。

しばらくすると、ドアが開いて、男の人たちがゾロゾロと家の中に上が

りこんでいった。

ドロボウだ！

誰かきて！　家の中の物が持っていかれちゃうよ!!

ボクは小屋から飛び出して、精一杯の声で吠えた。飛びかかっていきたいけど、首輪につながった鎖が邪魔で動けない。

ボクが吠えるのもおかまいなしに、ドロボウたちは次々と家の中に上がりこんでいった。

家の中から次々と物が運び出されて、大きなトラックの中に積みこまれていった。

ボクにはどうすることも出来なかった。

お父さんの言う通りだ。やっぱりボクは役立たずなんだ。

やけに眉毛の太い大きな体のドロボウが、手にした小さな箱みたいなものに話しかけながらこっちに歩いてきた。

「トラック一台分、今からそっちに運ぶから見積もってくれ。早いこと頼むよ」

ドロボウは小さな箱をズボンのポケットにしまうと、庭に転がっていた野球ボールを拾い上げた。

マサルくんとボクが遊んでいたボールだった。

このボールも持っていっちゃうのかな？

ドロボウはすぐ興味を失ったようにボールを投げ出すと、今度はボクの方を見た。

ボクもドロボウをにらみ返してやった。家の中から、別のドロボウが走ってきて、眉毛の太いドロボウに声をかけた。

「積み終わりました」

「先に乗ってろ」と眉毛の太いドロボウがボクを見たまま言うと、別のドロボウはすぐにトラックの方に走っていった。

眉毛の太いドロボウはボクのごはん皿に目を移すと、それを手にとった。ふやけた〈愛犬モリモリ〉を庭にばらまくと、小屋の横に置いてあった〈愛犬モリモリ〉の袋を開けて、空になったごはん皿によそっていく。

そのごはん皿をボクの前にドンと置いた。

ボクに「食べろ」と言っているみたいだ。

「おまえのご主人様は、ここで暮らしていく金がなくなっちまったんだ。だから、もう帰ってこねぇ。都合の良い時だけ可愛がって、面倒になりゃ捨てちまう。人間なんて、そんなもんさ」

捨てる?

お母さんはいつも、「ゴミ捨てに行かなくちゃ」ってゴミ袋を抱えて門からかけていった。

ボクはゴミになっちゃったの？

ドロボウがボクの首輪につながった鎖を外してくれた。

「首輪は付けとくぞ。野良犬と間違われちまうからな」

ドロボウは立ち上がると「しっかり生きろよ」と軽く手を振って、門の外に歩いていった。

しばらくすると、トラックとクルマがブルルルルンとまた鳴いて、走り去っていった。

あたりはまた静かになって、雨の音だけがつづいていた。

＊　＊　＊

雨がやんでお日さまが落ちてきて、空がオレンジ色にそまってきた頃、ボクにもやっとわかってきた。

ボクはこの家ごと捨てられたんだ。

マサルくんもお父さんもお母さんも、きっともう帰ってこない。マサルくんが最後に言ってた「バイバイ」って言葉は、「もう会えない」ってことだったんだ。これからボクはひとりで生きていくことになるのだろう。

門の前に、またクルマがとまる音がした。

新しいドロボウたちが来たみたいだ。

ボクは庭に転がっていたマサルくんのボールをくわえた。

このボールだけが、マサルくんとボクが家族として暮らした思い出の品なんだ。

ドロボウたちがドアに向かっている間に、ボクは門から外にでた。

マサルくんといつも散歩した道を歩いていく。

道の突き当たりにぶつかった。

いつもなら公園に向かう道に曲がるはずだけど、ボクは反対に曲がってみた。

知らない道を歩いてみよう。

見たことのない景色を見てみよう。

その道の先には、もしかしたら、ボクの家族が待っているかもしれない。

水たまりに足を突っこんで歩いてみた。

この道もボクの体も乾く頃、ボクのさびしさも少しは消えているかもしれない。

第一章　あたらしい友だち

一

友だちは作らないと決めていた。

山田賢太郎(けんたろう)が父と母と妹と暮らす西荻窪(にしおぎくぼ)の家を離れて、おばあちゃんの住む長野に来てからもう三ヶ月が経つ。

産まれた時から、賢太郎の呼吸器には異状があった。急に咳(せき)がとまらなくなって、苦しくて倒れこんでしまうこともよくあった。それでも賢太郎は、小学校四年生になる今までなんとか生きてきた。

かかりつけの病院の先生は、「大きな病院にいけば、君の病気は絶対治る」と言ってくれた。先生が紹介してくれた大学病院にいくと、今度は専門の先生が診察をしてくれた。

「君の病気には手術が必要だ」

でも、賢太郎と同じ病気の子供たちがたくさん順番を待っている。

「手術の順番が来るまでは、どこか空気の良いところで待っていなさい」

と先生は言った。

おばあちゃんの家は、東京から三時間足らずのところにある。しかし、父も母も仕事のある東京を離れることは出来ない。妹もまだ保育園で、手のかかる年頃だ。だから、賢太郎ひとりがおばあちゃんの世話になることになった。

おばあちゃんは賢太郎の父のお母さんにあたる。おじいちゃんはもうずいぶん昔に死んでいて、賢太郎の父や他の兄弟たちもおばあちゃんを引き取ろうとしたが、おばあちゃんはそれを断ってひとりで暮らしていた。

「東京なんてちまちました空気の悪いところ、一秒だって暮らせるもんかね」

おばあちゃんは賢太郎の父によくそう言っていた。今となっては、おばあちゃんがこの家に残ってくれていたことが幸いした。

今日も賢太郎は、小学校から戻ると帰り道の途中にあるいつもの空き地でひとり時間を潰していた。おばあちゃんも夕方までは野良仕事で帰らない。こっちにきてからは、クラスの子たちとも必要最低限の会話しかしていない。みんなには〝東京からやってきた気取ったヤツ〟と噂されているみたいだけど、むしろ好都合だった。

先生は治るって言ったけど、僕はきっと大人になるまで生きられない。

どうせ辛い（つらい）お別れをするくらいなら、友だちなんか最初からいない方がマシだ。賢太郎はそう思っていた。

空き地の土管の上に寝転んで、空を眺めてみる。長野の六月の風は、東京に比べるといくぶんか涼しい。

雲の形が彼を空想の世界に引きこんでくれた。彼はいつも、ここで物語を想像する。

あれはライオン、あれはイルカ、そしてあれが鎧（よろい）の騎士、向こうに見えるのはきっとバラだ。

〝鎧の騎士はある国の王子様です。悪い魔女の仕業で、見る見る小さくなる病気にかかったお姫さまを助けるために、王子様はお姫さまを鎧に隠して、希望の丘に咲くという魔法を解く白いバラを探しに旅立ちました。霧深い森では大きなライオンと戦い、大海原をイルカの背に乗って渡り、やっと見つけた白いバラ。その朝露をお姫さまにかけると、お姫さまは元の体に戻りました。しかし、王子様は傷つき倒れてしまいました。王子様の胸から流れ出した血が、一面のバラを赤く染めていきます。お姫さまは「王子様はバラになって生きている」と信じて、希望の丘で暮らすことにしました。王子様の魂はお姫さまを守り続けるために、バラにトゲを作りました〟

この空の絵本にどんなタイトルをつけようか、と賢太郎は思いを巡らせてみた。

そうだ、「バラの鎧」にしよう。

ハァハァと、なにかの息遣いがして、現実に引き戻された。ふと視線を下ろすと、土管のそばに一匹の犬がいた。

ひどく痩せこけて、泥だらけの体からは嫌な臭いがした。首輪をしているが、どこかの飼い犬とはとても思えなかった。

犬はその口に、薄汚れたボールをがっちりくわえていた。大切な空間に土足で踏み入ってこられたみたいで、賢太郎は無性に腹が立った。

「あっち行けよ、しっ！」

手で追い払う仕種（しぐさ）をして見せたが、犬は一向にこたえていない。それどころか、土管の脇に座りこんで丸まってしまった。

賢太郎のお腹がグゥ〜と鳴った。もうすぐ夕ごはんの時間だけど、おばあちゃんの作ってくれるごはんは、山菜や湯豆腐や里芋の煮物とかで賢太郎の口には合わなかった。おばあちゃんには悪いけど、いつも残してしまう。「食欲もないと、どんどん体が弱っちまうね」と、おばあちゃんは心配してくれるけど、そうじゃない。たまにはハンバーガーだって食べたいんだ。

賢太郎は空き地の向かいにあるパン屋に目をやった。〈モトハシ ベーカリー〉と看板のかかったその店は、おもちゃの家みたいだった。パステルカラーのオレンジの屋根と緑の壁で出来た店の前には花壇があって、色とりどりの花が飾られている。いつも前を通ると、焼き立てのパンの匂いと花の香りが賢太郎の鼻孔(びこう)をくすぐった。

半ズボンのポケットに手を突っ込むと、お小遣いに貰(もら)った百円玉があった。

そうだ、どうせ夕ごはんを残すんだから、腹ごしらえをしておこう。

賢太郎は土管から飛び降りると、〈モトハシ ベーカリー〉に向かって歩き出した。一度空き地を振り返ると、汚い犬は相変わらず土管の横に寝そべっていた。

「ちぇっ、勝手にしろ！」と、舌打ちしてまた背を向けた。

＊　＊　＊

店のドアを押すと、カランコロンと小気味の良いカウベルの音が響いた。

「いらっしゃいませ！」

元気の良い女の子の声が、賢太郎を迎えてくれた。

店に立つ女の子は、賢太郎とあまり年が変わらないように見えた。子供のパン屋さんだ。

「なんにしますか？」

「えっと……」

女の子に気を取られていた賢太郎は、あわててパンの並んだ棚に目をやった。

〈アンコパン　七十円〉という札が、すぐ目に入った。

「アンコパンください」

女の子はトングで棚からアンコパンを摑みとると、小さなお総菜袋に入れてくれた。

百円玉を渡しておつりを受けとると、女の子が、「ありがとうございます。また、きてください！」とぺこりと頭を下げた。

賢太郎はモゴモゴと口ごもりながら、店を出た。

空き地に戻ってみると、あの犬の姿が消えていた。

やっとどこかにいったようだ。これでまた落ち着いて空想に耽ることが出来る。ひょいと土管に飛び乗ると、今買ってきたばかりのアンコパンを

袋から出してかぶりつこうとした。

その時、またあのハァハァという息遣いが聞こえてきた。

土管の中から、あの犬が見上げていた。薄汚いボールを足元に転がして、今はその口をだらりと開けて舌を垂らしている。犬はじ〜っと賢太郎を見上げていた。

「……なんだよ、あっち行けって」

ハァハァと舌からよだれを垂らして、犬が賢太郎を見つめている。

「あげないよ」

ハァハァ……。

「おまえ、なんにも食べてないのか？」

ハァハァ……。

心なしか、犬の首がコクコクと頷(うなず)いたように見えた。

賢太郎はアンコパンの三分の一ほどを千切ろうとした。しかし、犬の物欲しげな眼差し（まなざし）が飛びこんできて、結局、半分のところで千切った。

「ほら、食ったらどっか行けよ」

パンを半分犬に放り投げてやると、今度こそ賢太郎はアンコパンを口に運んだ。

ハァハァ……。

犬がまたじ〜っと賢太郎を見つめていた。今あげたパンはすでに食べ尽くしていた。見なければいいのに、つい目を合わせてしまった。

「これは僕のだ」

わかっているのかいないのか、犬は相変わらず口を開けて舌をだらりと垂らしている。

負けた、と賢太郎は思った。

手にした残り半分のパンを犬に放り投げてやると、犬は「ワン！」と大きく吠えて、すぐにまた平らげてしまった。

「あ〜あ、とうとうなんにも食べれなかったよ」

残りの三十円じゃ、もうアンコパンは買えない。仕方ない、今日もおばあちゃんの夕ごはんで我慢だ。

賢太郎の足下にコロコロとあの薄汚いボールが転がってきた。犬が鼻先で突きながら、ボールを賢太郎の方に押してくる。

「なに？」

犬がまた、「ワン！」と吠えた。

「くれるの？　これがアンコパンのお礼？」

なんだか可笑しくなって、つい吹き出してしまった。

土管から降りてボールを拾いあげると、それを思いきり放り投げてみた。

犬が痩せ細った体に似合わぬ速さで、ピョンと飛び跳ねてボールに向かって駆けていく。

犬は賢太郎のそばに駆け戻ってくると、くわえていたボールを賢太郎の前に落とした。

「どこからきたんだ、おまえ？　飼い主はいないのか？」

犬はお座りの姿勢で、じっと賢太郎を見つめている。

賢太郎が手を差し出すと、その掌をペロペロとなめてきた。

「ひとりぼっちなのか、おまえも……」

生暖かい舌の感触を受け止めながら、賢太郎は思った。

今の僕には、丁度いい遊び相手かもしれないな。

「よーし、いくぞ！」

賢太郎がボールを摑んで、もう一度投げた。

犬がボールを追って駆け出していく。

いつのまにか、空を見るのも忘れて、賢太郎は犬とのボール遊びに夢中になっていた。

それは日が暮れるまで続いた。

二

水洗いしたせいか、いくぶんきれいになったボールに、賢太郎が油性マジックで文字を書き込んでいく。〝ポチ〟と書いたボールを満足げに見ると、そばに座っていた犬に見せた。

「いいか、今日からおまえの名前はポチだ」

「わかった」と言う意味なのか、ポチが「ワン！」とひと吠えした。

ポチの体も賢太郎が公園で洗ったおかげで、前よりもきれいになって嫌な臭いもなくなっていた。

賢太郎とポチが出会ってから、一週間が過ぎていた。あの日から、学校が終わるとポチと遊ぶのが、賢太郎の日課になっていた。ポチも賢太郎がやってくると、呼ばれてもいないのに寝ぐらにしている土管から顔を出した。ボール投げをしたり、駆けっこをしたり、時にはポチが後脚立ちになって一緒にボクシングのまね事をしたり、ポチは賢太郎の午後の退屈な時間を十分に充（み）たしてくれた。

「おまえ、痩せっぽちだな。もうちょっと栄養つけないとな」

ポチの体をさすりながら、賢太郎はポケットからお小遣いの百円玉をとり出した。あれから毎日、賢太郎はポチにアンコパンを与えているのだ。

〈モトハシ　ベーカリー〉のドアを開けると、いつものように、店にはあの女の子がいた。

あれから、賢太郎は彼女が自分と同じ小学校の生徒だということを知った。学年も賢太郎と一緒だったが、クラスはふたつ隣だった。だからと言って、そんなことを話題にして彼女と話すつもりもなかった。

女の子がアンコパンをお総菜袋に入れてくれる。それを受けとろうとすると、彼女が手で制して、トングでもう一つアンコパンを掴んで袋の中に入れた。

「一個しか頼んでないけど……」

「四組の山田くんだったよね、東京から転校してきた？」

いきなり名前を呼ばれて驚いた。賢太郎は黙って頷いた。

「いつも山田くんの分がないでしょ。ここから見えるから」

女の子は、店のウィンドウ越しに見える空き地に目をやった。土管のそばにポチが待っていた。

「だから、これはおまけ」

賢太郎は「……うん」と、なんだかわからないけど返事をしてしまった。

「わたし、二組の元橋香織。あの子、すっかり山田くんになついたみたいだね」

どう答えていいのかわからなかった。丁度その時、奥の方から女の人の声がした。

「香織、メロンパン焼き上がるわよ！」

「はぁい！」と香織が返事をしている隙に、賢太郎は「じゃあ」と言い残して店を出た。ドアの閉まり際に、「またきてね！」と言う香織の声が、賢太郎の背中を追いかけてきた。

「びっくりしたな。急に話しかけてくるんだもんな」

賢太郎の慌てぶりなどおかまいなしに、ポチはアンコパンをうまそうに食べている。

「聞けよ、ひとの話」

賢太郎も、もうひとつのアンコパンをかじった。もちもちと柔らかいパンの中にたっぷりのアンコが詰まっていて、甘すぎもせず後をひく。それが初めて食べた〈モトハシ　ベーカリー〉のアンコパンの味だった。

「うまいな、ポチ！　おまえ、これをひとり占めにしてたのか!!」

賢太郎がポチの首に腕を回してぎゅうっとしめた。ポチがその腕から逃れようと必死にもがいていた。

＊　＊　＊

それから香織は、決まってアンコパンをひとつおまけしてくれるようになった。賢太郎も「ありがとう」くらいは言うようになったが、それ以上の会話は続かない。香織も無理に話しかけることもなく、ただ笑って、「またね」と見送ってくれた。なん日目かで気づいたのだが、香織の頬には笑うとえくぼが出来た。

学校でも香織と廊下ですれ違うことはあった。それでも賢太郎は挨拶(あいさつ)するでもなく、横を通り過ぎていった。香織はすれ違いざまに賢太郎の顔を見ると、みんなに気づかれないように微笑んでくれた。ふたりだけの秘密を持ったみたいで、ちょっと胸がときめいた。でもそれ以上、彼女と仲良くなろうとも思わなかった。

ある日の午後、いつものように賢太郎は、空き地でポチと遊んでいた。そう〈モトハシ　ベーカリー〉を見ると、臨時休業の札がかかっていた。そういえば、今日は学校で香織の姿を見なかった。

翌日になって、賢太郎は二組の教室をこっそり覗きにいった。やはり、香織の姿はなかった。あれだけ香織が微笑んでくれても無視していたのに、勝手なもので、いなくなると気になって仕方なかった。

さらに、その翌日。いつもより早くおばあちゃんの家を出た賢太郎は、通学路を逸れて空き地の方に向かった。〈モトハシ　ベーカリー〉にはやはり、臨時休業の札がかかったままだった。賢太郎の匂いを感じたのか、空き地からすぐにポチが現れた。

「今は遊んでやる暇はないんだ」

ポチが賢太郎の足にすり寄ってきたが、賢太郎はポチにはかまわないで、〈モトハシ　ベーカリー〉の前に向かった。ポチも賢太郎の後についてくる。

賢太郎はお店のドアの隙間に顔を近づけてみた。パンを焼く匂いはしなかった。お店のドアをノックしてみようか？　でも、それほど彼女と親しいわけじゃないし、「何しにきたの？」って言われるんじゃないだろうか？

ポチがスタスタとお店の裏口の方に歩いていく。

「こら、ポチ、そっち行っちゃ駄目だよ」

賢太郎が後を追っていくと、ポチの体が裏口に半分ほど隠れていた。どうやら、裏口が開いていたようだ。賢太郎も近づいて、そうっと中を覗いてみた。

ドアの隙間からパン工房が見えた。調理台の上には、まだ焼く前のパン生地が大きな鉄のトレーの上に並べられている。誰かの背中がそのトレーを両手に抱えた。小柄な体に帽子と白衣。その横顔が見えると、香織だった。大きなトレーを一生懸命抱え上げて、オーブンの前の椅子に足を乗せると、トレーを中に入れようとしている。

ポチが威勢よく、「ワン！」と吠えた。

その声にびっくりして、香織がトレーを手から滑らせてしまった。足下の椅子がバランスを失ってグラグラと揺れる。ガッチャン！　と派手な音がして、トレーが床にひっくり返り、パン生地が飛び散った。賢太郎は咄嗟に中に駆けこんで、椅子から落ちかかった香織の体を抱きとめていた。

香織が目を真ん丸くして賢太郎の顔を見た。

「……山田くん？」

「大丈夫だった？」

　そばに駆け寄ってきたポチに、賢太郎が「いきなり吠えたら駄目だろ！」と怒った。

　香織が「シーッ！」と指を口にあてる。

「お母さんが起きちゃう。さっき薬飲んで寝たばっかりなの」

　香織が床に散らばったパン生地を拾いはじめた。賢太郎もそれを手伝う。パン生地を拾い終わると、香織が床に落ちた鉄のトレーに手をかけた。賢太郎も一緒にトレーを持って、ふたりで調理台の上に置く。そこでやっと、香織が聞いてきた。

「ねぇ、学校はどうしたの？」

「え？」

まさか、「君のことが心配で、きたんだ」とは、恥ずかしくて言えない。

何と答えようか迷って、ポチを見て苦し紛れの言いわけを捻(ひね)り出した。

「昨日からポチが熱出しちゃって、それで心配で」

「犬も熱出すんだ？」

「う、うん。な！」

ポチを見ると、床に丸まって大欠伸(おおあくび)をしていた。

「うちのお母さんも一昨日から風邪で寝込んじゃってるの。きっと疲れが溜(た)まっちゃったんだ。ずーっとひとりでパンを焼いてたから」

「じゃあ、看病で学校にこれなかったんだ」

「うん」

と言ってから、香織は気づいたようだ。

「知ってたんだ、わたしが学校休んでたの」

「……」

それ以上は香織も突っ込もうとしなかったので、賢太郎はほっとした。

「あ〜あ、もう一度やり直しか」

香織が泥まみれのパン生地を見て言った。

「わたしもパンが焼ければ、朝はお母さんにゆっくり寝てもらえると思ったんだけど」

「お父さんは？」

「死んじゃった、二年前に病気で」

「ごめん」

「このお店はね、お父さんが会社をやめて、一年間修業してから開店したの。お父さんのパン美味しかった。このあたりでも評判で、みんな買いにきてくれたんだ。だからお母さんも、お父さんのパンの味を残そうって、一生懸命頑張ってきたの。あのパンの味が残ってる限り、お父さんはずっと生きてるんだって」

賢太郎は自分が空想した「バラの鎧」のお姫さまのことを思い出していた。

〝お姫さまは「王子様はバラになって生きている」と信じて、希望の丘で暮らすことにしました〟

「僕も手伝うよ。もう一度、一緒にパンを焼こう」

賢太郎の言葉に、香織は意外そうに彼の顔を見返してきたが、すぐに笑顔になると大きく頷いた。

「でも、学校はどうするの？」

「今日はズル休みだ」

ポチが「ワン！」と吠えた。賢太郎と香織は、「シーッ！」と口に指をあてた。

＊　＊　＊

生地を千切って丸めて一個、一個、パンの形にしていく。香織はお父さんとお母さんの手伝いをしていたらしく、適量の生地を摘むと手際よく形を整えていく。賢太郎の方は何度やっても手にこびりついたりして、いびつな形になってしまう。香織に教えてもらいながら、ようやくなん個か作りあげた。

「山田くんはどうしてクラスの子と遊ばないの？」

「こっちに転校してきた時に決めたんだ、友だちは作らないって」

「どうして？」

「僕の体は故障してるんだ。だからきっと、長いこと生きられない。友だちを作れば思い出が出来る。思い出が出来たら、誰かが悲しむし、僕も淋しい。だから、思い出なんかない方がいいんだ」

「そうかな？　どんなに短い一生でも、ない方がいい思い出なんかないよ。わたしもお父さんが死んだ時は、悲しかったし、淋しかった。でも、今でも楽しかった時のことを一杯思い出すよ。それで思うんだ、わたしはお父さんの子に生まれてよかったって……」

大切な人を亡くしてそこから立ち直った香織の言葉は、賢太郎の心にずしりと響いた。本当の悲しみも知らないくせに、僕は甘えているだけかもしれない、と。

鉄のトレーの上にパン生地が並んだのは、もうすぐ学校の一時限目が終わる時間だった。

「ねぇ、自分用に作ってもいいかな？」

と賢太郎が香織に聞いた。

香織が「いいよ、手伝ってもらったお礼」と言うと、「でも、何を作るの？」と聞き返してきた。

賢太郎は「まだ内緒」と言って、パン生地を摘み取って、中にアンコを詰めはじめた。

オーブンから、パンの焼き上がる匂いがしてきた。

賢太郎と香織が手袋をした手で、オーブンを開けて、中のトレーをとり出した。ふっくらと小麦色に焼き上がったパンがおいしそうな湯気を立てている。ふたりは満足そうに顔を見合わせて笑った。

「ねぇ、山田くんの力作はどう？」

賢太郎がトレーの隅にのせた自分用のパンの出来を確認した。まあるいパンには、耳と目が生地でデコレーションされて、犬の顔になっていた。

「これ、なんていうパン？」

と香織が訊く。

「犬の形のアンコパン。名付けて、〝ワンコパン〟」

「〝ワンコパン〟か。いい名前だね」

ポチが賛同するように、「ワンワン！」と立て続けに吠えた。賢太郎と香織が「シーッ！」とやる前に、住居につながっているらしい扉がガラッと開いて香織のお母さんが顔を出した。

お母さんは香織から事情を聞くと、「危ないから、ひとりでオーブンを使ったりしちゃ駄目！　火傷でもしたらどうするの」と香織を叱った。でも、香織の焼いたパンを食べると、「とってもおいしい。上手に焼けたね」と褒めてくれた。賢太郎には「明日はちゃんと、学校に行かなくちゃ駄目よ」と言って、見逃してくれた。

賢太郎はワンコパンをお土産に、ポチと共に〈モトハシ　ベーカリー〉を後にした。香織が「明日また、学校でね！」と見送ってくれた。

空き地に戻って、ワンコパンをふたつに千切ってポチと一緒に食べた。自分で作ったパンの味は、いつも以上においしかった。

三

青々と茂る草むらの匂いが風に混じって心地よい。もうすぐ、本格的な夏がやってくる。

ポチがボールをくわえて賢太郎の前に戻ってくる。賢太郎はそのボールを受けとると、大きく振りかぶって投げた。

「取ってこい、ポチ!!」

ボールは風に乗って、大きく弧を描き、空き地の向こうの草むらに落ちていった。ポチが勢いよく駆け出していく。

賢太郎は空き地に腰を下ろした。〈モトハシ　ベーカリー〉を見ると、休憩中の札がかかっていた。午後の開店時間までは、まだ間がある。香織も今日はまだ帰ってきていないようだ。

お店が開いたら、またアンコパンを買いにいこうと思った。相変わらず、学校で香織と話すことはなかった。でも、お店に顔を出した時は前よりも少し話をするようになった。とはいっても、話す内容は限られていて、「ポチがお手をおぼえた」とか、「ボールをジャンプキャッチできるんだ」

とか、主にというかすべてポチの話題であった。それでも香織は「良かったね」と笑って聞いてくれた。

もうずいぶん時間が経つのに、ポチは草むらに入ったきり戻ってこない。どこまでボールを探しに行ったのだろう？

空模様が急に崩れて、雨雲が広がりはじめた。

ポツポツと降りだした雨は、途端に勢いを増して大きな雨粒へと変貌した。

「ポチ!!」

と呼んでみたが、返事がない。

心配になって賢太郎も草むらの中に歩いていった。

雨の勢いはさらに激しくなり、地面を抉って、水たまりを作っていく。

賢太郎がポチを呼ぶ声も雨音に掻き消されてしまう。賢太郎の体に悪寒が走って、彼はブルッと震えて肩をすくめた。

「ポチ、どこ行ったんだ?!」

呼吸が荒くなって、咳が出はじめた。ここしばらくなかったのに、またあの発作がはじまってしまった。

胸を押さえて、草むらにうずくまる。咳のせいで思うように呼吸も出来ない。

激しい雨に体を打たれながら、今度こそ死ぬんだなと、賢太郎は思った。

ハァハァという息遣いが近づいてきた。

草むらの中から、ポチが姿を現した。

ポチが心配そうに、賢太郎の鼻先に顔を寄せてきた。苦しさのあまり、賢太郎はそれを払い退けてしまった。

それでもポチは、賢太郎の襟首をくわえてぐいぐい引っ張った。たぶん草むらから外に連れ出そうとしているのだ。しかし、犬一匹の力では子供の賢太郎の体でさえびくともしなかった。

ポチは賢太郎の襟首を離すと、今度は大きな声で吠えた。激しい雨音に負けないくらいの勢いでポチはひたすら吠え続けた。

＊　＊　＊

賢太郎のまわりで救急隊員が慌ただしく応急処置を行っている。

救急車の中だった。

賢太郎の口には、酸素マスクがあてがわれていた。「大丈夫?!」という声に反応して見ると、すぐそばに香織の不安げな顔があった。それに答える気力もなく、賢太郎は目を閉じてしまった。その手を強く握ってくれている香織の手の温もりだけが、賢太郎の意識の底にゆるゆると沈んでいった。

＊　＊　＊

病院のベッドで目を覚ましたのは、丸一日経った頃だった。ベッドのそばには、おばあちゃんが椅子に腰かけてうとうとと眠っていた。ずっと看病してくれていたんだろう。疲れ切ったその寝顔を見ていたら、賢太郎は急に申しわけなく思えてきた。

ごはんが口に合わないなんて、贅沢(ぜいたく)なこと言ってゴメンね。

コクリとおばあちゃんの頭が揺れて、目を覚ました。賢太郎の意識が回

復しているのに気づくと、おばあちゃんの顔がパッと明るくなった。

「ケンちゃん、もう大丈夫だよ。お医者さんがちゃんと見てくれるからね」

おばあちゃんは、ナースコールを押して看護師を呼び出した。

「目を覚ましました。すぐ来てください」

病院の先生が看護師と共に駆けつけて、賢太郎の胸に聴診器をあてた。簡単な診察を終えると、先生が言った。

「心配しないでいいよ。東京のお医者さんに連絡をとって、手術を急いでもらうから」

先生たちが出ていくと、賢太郎はまたおばあちゃんとふたりきりになった。

「ねぇ、おばあちゃん。お願いがあるんだけど」

「なんだい？」

「おばあちゃんの作った里芋の煮物が食べたいな」

「お腹減ってるのかい」

「うん」

「わかったよ、後で一杯こさえてきてあげるよ」

本当はあんまりお腹は空いていなかったが、おばあちゃんが自分のために作ってくれたごはんをちゃんと残さずに食べたいと思ったのだ。

「ワン！」と、廊下の方から犬の吠える声がした。

「こら、ダメよ、入っちゃ。しっ、ほら、みんな連れ出してよ！」

看護師たちがポチを押さえつけようと悪戦苦闘している様子が、廊下からの声で伝わってきた。

——ポチだ。

賢太郎には、すぐにわかった。

「なにかしら?」

おばあちゃんが廊下を覗き込むように首を伸ばした。

「おばあちゃん、ポチが僕に会いにきてくれたんだ。アイツは僕の友だちなんだ。ねぇ、入れてあげて!」

「そんなこと言っても、ここは病院だからねぇ」

おばあちゃんは困ったように眉をひそめた。

やがて、ポチを抱きかかえた看護師が、賢太郎の病室の前を通りかかった。

賢太郎とポチの目が合うと、ポチはひときわ高く吠え始めた。

「僕の犬なんです。お願いです、入れてあげてください!!」

賢太郎が必死で看護師に訴えた。

看護師は、「病院の中に動物を入れたら駄目なのよ」と言いながら、ポチをかかえたまま賢太郎のベッドのそばにきた。

「ちょっとだけよ。すぐに連れ出すからね」

看護師が、賢太郎の前にポチを突き出すように屈(かが)んでくれた。

賢太郎はポチの頭を優しくさすってやった。

「僕のことを心配してきてくれたのか。ありがとうな、ポチ。もう大丈夫だから。退院したら、また遊ぼうな」

ポチは嬉(うれ)しそうに、尻尾(しっぽ)をブルブル振っていた。

「さぁ、もう連れていきますよ」

看護師がポチをかかえ直して立ち上がった。

背を向けて出ていく看護師の腕の隙間から、ポチがずっと賢太郎の方を見つめていた。

「ポチ、待っててくれよ！」

賢太郎がポチに向かって叫んだ。

「ワン！」と吠える声を残して、ポチの姿は廊下の向こうへと消えていった。

次の日になって、香織が見舞いに来てくれた。バラの花と〈モトハシベーカリー〉のアンコパンを大きな袋に入れて持ってきてくれた。

賢太郎が、「元橋さんが、救急車を呼んでくれたの？」と訊くと、香織は頷いて、「でも、教えてくれたのはポチだよ」と言った。

「ポチが？」

「うちのお店の前にきて、物凄い勢いで吠えてたの。ドアを開けたら、今度は草むらの方に走っていって、わたしに『付いてこい』って言うみたいに。それで山田くんが倒れているのに気づいたの」

「ポチはどうしてる？」

「山田くんの倒れていた草むらの中をうろうろしてるよ」

「ボールを探してるんだ」と、賢太郎が呟（つぶや）いた。

「ボール？」

「僕が投げたボールを見つけられないで、ずっと探してるんだ」

「きっと自分のせいだと思ってるんだね」

「え？」

「山田くんが倒れたのは、自分がいつまで経ってもボールを見つけられないからだ。だから早く見つけて元気になってもらわなくちゃ、って思ってるんじゃないかな」

「元橋さん、僕のいない間、ポチの面倒を見てあげてくれる?」

「うん。早く元気になってね」

*　*　*

大学病院の知らせは、ことの外早く届いた。「手術の態勢を整えて待っているので、すぐにでもこちらの病院に転院してほしい」とのことだった。

出発の日、賢太郎はおばあちゃんに付き添われて、ベッドごと移送用のワゴン車に運ばれていった。病院の外では、香織がお母さんと一緒に見送りにきてくれていた。ポチのことが気になって、賢太郎は香織に訊いた。

「まだ、ボールを探してるよ」

「もういいって言ってあげて」

「言ってもやめないの。手紙書いてまた知らせるね」

車の後部ハッチが開いて、賢太郎が車の中に運ばれていく。その後に続いて、おばあちゃんも乗り込んだ。

「よくなったら、絶対またきてね」

ハッチが閉まる前に香織が声をかけてくれた。

賢太郎は強く頷(うなず)きながら思った。

みんなが僕のことを心配してくれている。僕はもっと強くならなくちゃいけない。精一杯生きなくちゃいけないんだ。

走り出した車の窓の向こうで、香織が手を振っている。その姿が次第に遠くなっていく。

その時、香織の背後から駆けてくるポチの姿が賢太郎の目に映った。

ポチは懸命に車を追いかけて走ってくる。香織がポチを止めようとしたが、ポチのスピードには追いつけなかった。

賢太郎は、ポチの口にボールがくわえられているのを見た。

ポチの体は、昔みたいにすっかり泥だらけになっていた。

僕のために、ずっと探してくれていたんだ。

速度が増していく車から取り残されて、ポチの姿はどんどん小さくなっていった。最後には豆つぶのようになって、消えてしまった。

ありがとう、ポチ。もう走らなくていいよ。

僕はきっと頑張って元気になる。そうして、友だちを一杯作ってみせる。

僕の人生はまだまだ続いていくんだ。

東京を目指す車の中で、賢太郎はそう心に誓った。

いくら、がんばって走っても、ヤマダくんを乗せたクルマには追いつけなかった。やっとボールを見つけたのに、ヤマダくんに渡せなかった。

ヤマダくんがいなくなった後、ボクはカオリちゃんちに引きとられた。カオリちゃんはボクにごはんを食べさせてくれるし、お散歩にも連れていってくれて、すごく可愛がってくれた。

でも、ボクはヤマダくんに会いたくて仕方なかった。

ヤマダくんは、お腹を空かせてフラフラになっていたボクに、アンコパンを食べさせてくれた。とっても甘くておいしかった。〈ポチ〉っていう新しい名前もつけてくれた。マサルくんの家を出てから、ボクを名前で呼んでくれる人なんかずっといなかったから、すごくうれしかった。

ヤマダくんはボクの新しい家族なんだ。

このボールは、ボクがアンコパンのお礼にヤマダくんにあげたものだ。

だから、ヤマダくんに返さなくちゃならない。それにヤマダくんは、ボクに「バイバイ」じゃなくて、「待っててくれ」って言ったんだ。

ボクたちは、きっとまた会える。

カオリちゃんは、ボクがあんまりさびしそうに鳴いているから心配してくれた。

「ポチはヤマダくんに会いたいんだね」

ボクはひと声高く吠えてみせた。

行かせてよ、カオリちゃん！

「でも、ヤマダくんは東京にいるんだよ。ポチには遠過ぎるよ」

カオリちゃんのお母さんが、カオリちゃんに言ってくれた。

「好きにさせてあげたらどう？　その子がここに残りたければ残ればいいし、どこかにいきたければいけばいいじゃない」

カオリちゃんは少し考えていたけど、「わかった。ポチの好きにしていいよ」と言ってくれた。

最後にカオリちゃんは、ボクの好きなアンコパンをごちそうしてくれた。出来立てのアンコパンはホカホカしていて、甘くてすごくおいしかった。

ボクはカオリちゃんとお母さんに見送られながら、ヤマダくんが去っていった道を歩き出した。

いまいくから、ヤマダくん。

第二章　わたしは重い女

一

「アンタに愛を感じない!!」

望月美春（もちづきみはる）が、手にしたグッチのハンドバッグを地面に叩（たた）きつけて叫んだ。

柿崎正夫（かきざきまさお）は、それを見てカッときた。

そのバッグ、俺がプレゼントしてやったものじゃないか。バイト料何ヶ月分貯（た）めて買ったと思ってるんだ。

「お、おまえだって、まともに人を愛したことなんかないクセに!!」

常緑樹に落ちる残暑の陽射しが、日曜の午後の公園に長い影を作っている。その中を散歩する老夫婦や、掃除のおじさん、砂場で遊ぶ子供たちには、大声で怒鳴り合う美春たちの姿は、十分に奇異なものに映った。

「冗談じゃないわよ、アンタ以外のものなら、何だって愛せるわよ」

「あー、そうですか、じゃ愛してみせてくださいよ、俺以外のヤツを」

こうなると完全に売り言葉に買い言葉である。お互い後には引けない。

「みせてやるわよ!!」

と美春はあたりを見回しはじめた。まるで獲物を狙うハイエナの目だ。目が合った子供たちは、その眼光の鋭さに思わず手にしたスコップやおもちゃを取り落とした。掃除のおじさんは、慌ててちり取りに視線を落としてゴミ掃除に専念した。老夫婦は彼女と目が合わないように、恐らくは残りの人生のうちにそう何度も使わないエネルギーを発揮して、急ピッチで歩き出した。

「この女、なにを考えているんだ」と正夫はちょっとたじろいだが、言った手前、黙って彼女の動向を見守ることにした。

美春はある一点を見据えると、猛然と駆け出した。その勢いにつられて、正夫も後を追った。美春のゆく手には、一匹の犬が歩いていた。口にはなぜかボールをしっかりくわえている。

ゴールポストに飛び込むアメフト選手よろしく、突進してくる美春の姿を見て、犬の方も咄嗟（とっさ）に身構えた。だが、時すでに遅く、次の瞬間には美春にその体を抱きかかえられていた。

「おー、よしよし、愛してるわよ、ワンちゃん」

美春が犬を抱きしめて、その顔にごしごしと自分の顔をこすりつけている。

「このワンちゃんの方がわたしのことを愛してくれるし、わたしだって愛せるわ」

「本気で言ってるのか、美春。俺は犬以下ってことか！」

「そうよ」と、美春は犬を抱きかかえて立ち上がった。

「アンタなんかもういらない。犬でいい!!」

美春はそのままスタスタと歩き出すと、さっき投げ捨てたバッグを拾い上げて公園を後にした。

「いいんだな、俺、彼女作っちゃうぞ。あの娘とつき合っちゃうぞ、いいんだな!!」

正夫の声が美春を追いかけてくる。

美春は正夫を振り返って、きっぱりと言い放った。

「どうぞ、お好きに。いっそアンタも亀かラクダとでもつき合えば。いーっぱい焼きモチ焼いてあげる」

正夫にべーっと舌を出して、美春はまた背を向けて歩き出した。正夫はそれ以上、なにも言ってはこなかった。

歩きながら美春は思った。

わたしっていつもこうだ。意地を張って引っこみがつかない状況になってしまう。

でも、今回のことは完全にアイツが悪い。だって、わたしが日曜日に掃除にくるって知ってるのに、どうして部屋に他の女が寝てるのよ！　それもよ！　どう見たってアイツより五つは若いわよ。アイツより五つ若いってことはなに、わたしより九つ若いってことじゃん。ガキじゃないの、ガキ。っつうか、わたしがオバサンか？　冗談じゃないわよ、女三十一っていったら、脂の乗った良い盛りですよ。魚でいえば上トロですよ。うまいじゃん、最高じゃん！　あの女、「あ、柿崎先輩のお姉さんですか？」だって。冗談じゃないっつうの!!

正夫の言い分を信じれば、彼女は正夫が所属する劇団の後輩で、正夫が店長をやっている居酒屋に飲みにきて酔いつぶれたのを、家に連れ帰って寝かせてやっただけらしい。

確かに正夫は嘘をつけるタイプの男ではない。そういう器用さがあれば、劇団の中でだって、もっと出世して主役を張っているはずだ。アイツの演技がどこか突き抜けないのも、あの正直さに原因があるのだ、と前々から美春も感じていた。でも、そんな男だからこそ、美春は正夫とつき合ってきたのだ。

じゃあ、なんで嘘つくのよ。

なにが「そう、お姉さん」―、よ!

「あの娘お喋り(しゃべ)だから、本当のこと言ったら絶対に劇団のヤツらに言いふらすからさ。うちの座長うるさいから面倒なんだよ。『芝居もろくに出来ないのになにが女だ！』ってさ」。正夫はそう言いわけした。

じゃあなにかい、わたしより芝居の方が大切なのかい。いいじゃん、堂々と俺の彼女ですって、なぜ言わないのよ!!

！マークだらけの感情を沸騰させながら、大通りまで歩いてきて思い出した。美春は両手に犬を抱きかかえたままだった。美春の腕の中で犬が必死に身悶(みもだ)えしていた。

「で、どうするさ、この犬を？」

＊　＊　＊

類は友を呼ぶというが、正夫同様に美春も負けず劣らず嘘のつけない人間であった。あれだけ正夫の前で言い切ったのだから、今さら犬を捨てるわけにもいかない。彼女は犬を部屋で飼うことにした。それに万が一、正夫がきた時にこの犬がいなければ、「その場の勢いで言っただけじゃないか」と言われるのが落ちだ。ここで弱みを見せては駄目だ、と思った。もっとも、美春のそんな性格が、彼女自身をドツボに追い込んでいく原因でもあるのだが。

部屋に戻った美春は、正夫と写した写真や正夫から貰った手紙の束をまとめてゴミ箱に捨てた。小さなゴミ箱は、たちまち一杯になった。それからキッチンの戸棚を開けると、特別な日のために買っておいたシャンベルタンを取り出して、栓を切った。

六畳のダイニングの床の上には、間に合わせに使ったウェッジウッドのベジボウルに、犬のためのコーンフレークとミルクが入れて置かれている。

犬は一度匂いを嗅いだだけで、口を付けようともしなかった。

美春はシャンベルタンの入ったグラスを置いて、犬がくわえてきたボールを手に取ってみた。今初めて気づいたのだが、ボールにはマジックで〝ポチ〟と書いてある。

「ポチってアンタの名前？　ダッサい名前ね。いいわ、今日からアンタの名前はジョニー。かっこいいでしょ、これで決まりね！」

美春は、「ジョニー、ジョニー！」とポチに向かって必死に呼びかけた。

ポチはまるで意に介さず、とうとう美春にお尻を向けて丸まってしまった。

「覚えるまで、ずーーっと呼び続けてやる」

そう言うと美春は、ボールをゴミ箱に投げ入れた。

「こんな汚いボール捨てちゃいなさい。わたしが新しいのを買ってきてあげるわ」

ポチが反射的に体を起こした。ゴミ箱に駆けていくと、中に首を突っ込んでボールを取ろうとする。ゴミ箱がひっくり返って、ボールと一緒に写真や手紙の束が床一面に散らばった。

「ちょっと、何してるのよ！」

と美春が怒って、ゴミ箱を起こす。

ポチはボールをくわえたまま、部屋の隅にいって座りこんでしまった。美春は散らばった写真や手紙の束をかき集めた。一瞬、ディズニーランドのシンデレラ城をバックに、にこやかに肩を寄せ合う美春と正夫のツーショットが目に入った。彼女はその写真から目を逸らすと、ひとまとめにガバッと摑み上げて、「あんなバカ。こっちから捨ててやるわよ」と、もう一度ゴミ箱の中に叩き込んだ。

グラスに残っていたシャンベルタンを一気に飲み干すと、またボトルか

ら注ぎ足す。

本当は今度の正夫の公演が終わった後に、一緒に開けようと思って買っておいたものだ。でも、もうどうでもいいと思った。

美春は夜までかけて、ひとりでボトルを空にした。

* * *

パソコンのキーボードを叩く振動すら、頭にズキリと響いて、美春は思わずこめかみを押さえた。シャンベルタンを空けた後、さらに缶ビールをロング缶で三本も空けたのがいけなかった。昨夜の深酒がきいて、すっかり二日酔いだ。

「おい、望月!!」

デスクから社長が呼ぶ声が、美春の頭痛にさらに拍車をかけた。

「聞こえてるのか、望月!!」

別に怒っているわけではない。これが社長の地声なのだ。

「はい、はい、ちゃんと聞こえてます」

覇気のない声で答えて、社長のデスクの前に向かった。

群馬県前橋市にある、共同ビルのワンフロアである。社員十五人の小さなイベント企画会社だ。もともとは、東京で広告代理店に勤めていた社長が、この町に里帰りして、地元の仲間四人と始めた会社だった。美春が東京の商社から、元の会社の上司の紹介でここに就職して六年になる。

「なんですか、社長?」

「例のウキウキパークのイベント企画、アレどうなった?」

ウキウキパークとは、地元にある小さなアミューズメント・パークのことだ。とはいっても、目玉といえば絶叫マシンと呼ぶのも恥ずかしい回転も落下もしないジェットコースターと、カートとメリーゴーラウンドだけ。〃ウッキーモンキー〃という、どこかのキャラクターにあやかったようなイメージキャラクターがいるが、世間にはぜんぜん浸透していない。

「今、考え中です」

「金曜日にはプレゼンだぞ、大丈夫か？」

「もちろんです」

「あそこの親会社はうちの上得意だからな、しっかり頼むぞ」

「まかせてください」と言って、美春は席に戻った。

嘘だ。本当はなにも考えていない。あんな寂れた遊園地をどう盛り上げろというのか。なにをしたって、たぶん来年の今頃には閉園になっている。

それでも仕事を受けたからには、リクエストに応じなければならない。パソコンの前で思案に耽るが、頭に浮かぶのは正夫のむくれた顔ばかりで、ちっとも集中できなかった。

「ア〜アッ！」

と座ったまま、思いきり伸びをした。その足がデスクの下の買い物袋を蹴飛ばしてしまい、〈愛犬モリモリ〉とプリントされたドッグフードのお徳用パックと犬用のガムと真新しいゴムボールが転がり出た。部屋の隅に座ったまま、動こうとしないポチのご機嫌をとろうと、昼休みに近くのショッピングセンターで買いこんできたものだ。拾い集めながら、美春は思った。

男の代わりにやってきたのは、愛想のない犬一匹。これって、わたしの人生にとって、意味があることとなんだろうか？　ううん、そんなこと考えたって仕方ない。恋を忘れるには、やっぱ新しい恋をするのが一番。どっかに犬好きでイケメンの青年実業家でもいないかしら……。

その時、美春の頭の中で断線していた回路がぴたりと繋(つな)がり、煌々(こうこう)と明かりを灯(とも)した。

二

全身からシャンプーの香りを漂わせたポチが座っている。首輪には、青い水玉模様の蝶(ちょう)ネクタイが結ばれていた。口にはやはり、あの汚いボールをくわえていた。心なしか、ポチの顔が緊張してみえる。

その横で、ひとしきり語り終えた美春が、満足そうに室内を見渡した。

ウキウキパークの会議室。今日はプレゼンの当日である。美春の会社の社長も、ほかの部下を伴って同席している。

手元のレジュメに目を通していたクライアントの初老の男性。――ウキウキパークの社長が、口火を切った。

「つまり、こういうことですか。飼い犬を連れたシングルの男性と女性が、ウキウキパークで飼い犬と一緒にお見合いをする、と」

「はい。ただ、それだけではありません」

「というと……？」

「飼い主は必ずしも犬と行動を共にする必要はありません。所定の敷地内であれば、犬も自由に遊ぶことが出来ます。そこでパートナーが見つかれば、問題はありません。でも、もし、うまくいかない場合は……」

と言うと美春は、「植木くん」と呼んだ。

美春の会社の社長の隣に座った、ひょろりとした長身の若者が携帯用の犬小屋を抱えて立ち上がった。植木は、今年の四月に新卒採用された美春の部下だ。

植木がポチの横に犬小屋を下ろして、扉を開けた。ポチがその様子を窺っていると、中からマルチーズが現れた。耳には赤い水玉のリボンが結んである。

マルチーズはポチの顔をまじまじと見つめると、背後に回ってポチのお尻の匂いを嗅ぎはじめた。ポチもマルチーズのお尻の匂いを嗅ぐ。互いに相手のお尻を追いながら、ぐるぐる回りはじめた。

「オスにはネクタイ、メスにはリボンの識別センサーがつけられています。これで、どの犬と何回接触したかを、コンピューターがカウントします。飼い主はセカンドチャンスとして、もっとも接触の多かった犬の飼い主と話をすることが出来ます」

クライアントの社長以下、その場にいた全員がポチとマルチーズを乗り出すように見た。

「犬のフンなどの処理は、〝ウッキーモンキー〟の着ぐるみを着た弊社スタッフがあたります。また犬同士のトラブルは、ドッグブリーダーが対処します」

ウキウキパークの社長は、資料を置くと納得したように頷(うなず)いて言った。

「いいでしょう。お任せしましょう」

美春がポチの方を見て、親指を立ててサインを送った。

ポチはそれどころではなく、マルチーズとぐるぐる回り続けていた。

＊　　＊　　＊

ウキウキパークのイベントまでは、一ヶ月足らずだ。美春は連日、深夜までその準備に追われていた。多忙のあまり正夫のことを気にかけている暇もない。かえってそれが彼女の精神のバランスを保っていた。部下の植木を先に帰すと、美春は残りの仕事を片づけていた。

今日も終電か……。と思っていると、ふいに美春の携帯電話が鳴り響いた。

表示を見ると、正夫からであった。

十日以上も放っておいて、なにを今さら。居留守を使ってやろうかと思ったが、久しぶりに声を聞きたい誘惑には勝てなかった。結局、ぜんぜんふっ切れていないということか、と諦(あきら)めて、美春は携帯のボタンを押した。

「美春……、俺」

すぐに正夫の声が飛び込んできた。

「……なに？」

つい、ぶっきらぼうに答えてしまう。

「あれから考えたんだけどさ、俺たち何であんなことになっちゃったんだろうって」

わかんないの。アンタがわたしのことを〝お姉さん〟だなんて、つまんない嘘つくからじゃん!!

「でさ、わかったんだよ。俺、美春に頼り過ぎてたんだ。美春はなにからなにまで俺の世話を焼いてくれるし。俺があんまり同じ服着てたりすると、買ってきてくれたりするじゃん。だから、俺もつい気が緩んじゃって。なんか母ちゃんといるみたいでさ」

「か、母ちゃん?!」

「いや、そういう意味じゃなくって、安心だってこと」

「わたしはアンタの保護者じゃないのよ！　アンタが部屋に若い女を連れ

こんだら、暖かく見守ってくれるとでも思ったわけ!!」

「聞けって!」

「結局、アンタはわたしのことを便利な女程度にしか思ってないのよ!!」

フロアに誰もいないせいもあって、美春のテンションは最高潮に達していた。

「いつそんなこと言った」と、正夫もキレた。

「じゃあ言うけど、俺がいつ世話を焼いてくれって頼んだ？　美春がなんでも勝手にやっちゃうんだろ!　いくら年下でも俺だって大人なんだよ。自分のことぐらい自分で出来るんだ!!」

「好きならなにかをしてあげたいって思うのは、当たり前でしょ!!」

「なにかをしてくれたから好きだとか、なにかをしてあげたから好きになってくれるとか、そういうことじゃないんだよ。そんなの重たいだけだよ」

重たい?!

その言葉を聞いた途端、美春の頭の中で、またなにかの回路がプッリと切れた。瞬間、美春は電話を切っていた。デスクに置いてあった煙草を取ってくわえると、百円ライターで火を点(つ)けた。植木に置いていかせたものだ。普段は煙草を吸わないが、疲れた時、ひとりでいるとふいに吸いたくなる。デスクを離れてフロアの窓を開けると、窓辺に凭(もた)れかかって、フーっと煙を吐く。時折、冷たい風が吹いて、美春の吐き出す紫煙をかき乱した。

また、言われてしまった……。

この会社に就職するまで、美春は東京の商社でOLとして働いていた。当時、彼女は同期の営業の男性と付き合っていた。語学力に長(た)けた美春は、彼の海外との交渉の文面を、いつも代わりに作ってやった。業績を上げた彼は、順調に出世コースを歩んでいった。美春は彼と結婚するものだと信じていた。まわりの同僚たちもみんなそうだ。

ところが、彼はあっさり美春を捨てて、社内の別の女性と結婚した。美春から見れば、お茶汲み以外に取り柄のなさそうな女だった。パートナーとして、十分に役立つ自分を、彼はなぜ捨てたのか？

「君は重いんだよ」と彼は言った。「暗黙のうちに、見返りを求めてるんだ。わたしの愛情にお返しして、って」

重いってなに？　あなたの喜ぶ顔が見たかっただけじゃない。

まわりの同情の目にも耐えられなかった。美春は会社に辞表を出した。

その時に、上司の友人が経営するこの会社を紹介されたのだ。

わたしは同じことを繰り返しているだけなのかもしれない。

携帯電話がまた鳴った。美春はボタンを押すと、相手の反応も待たずに

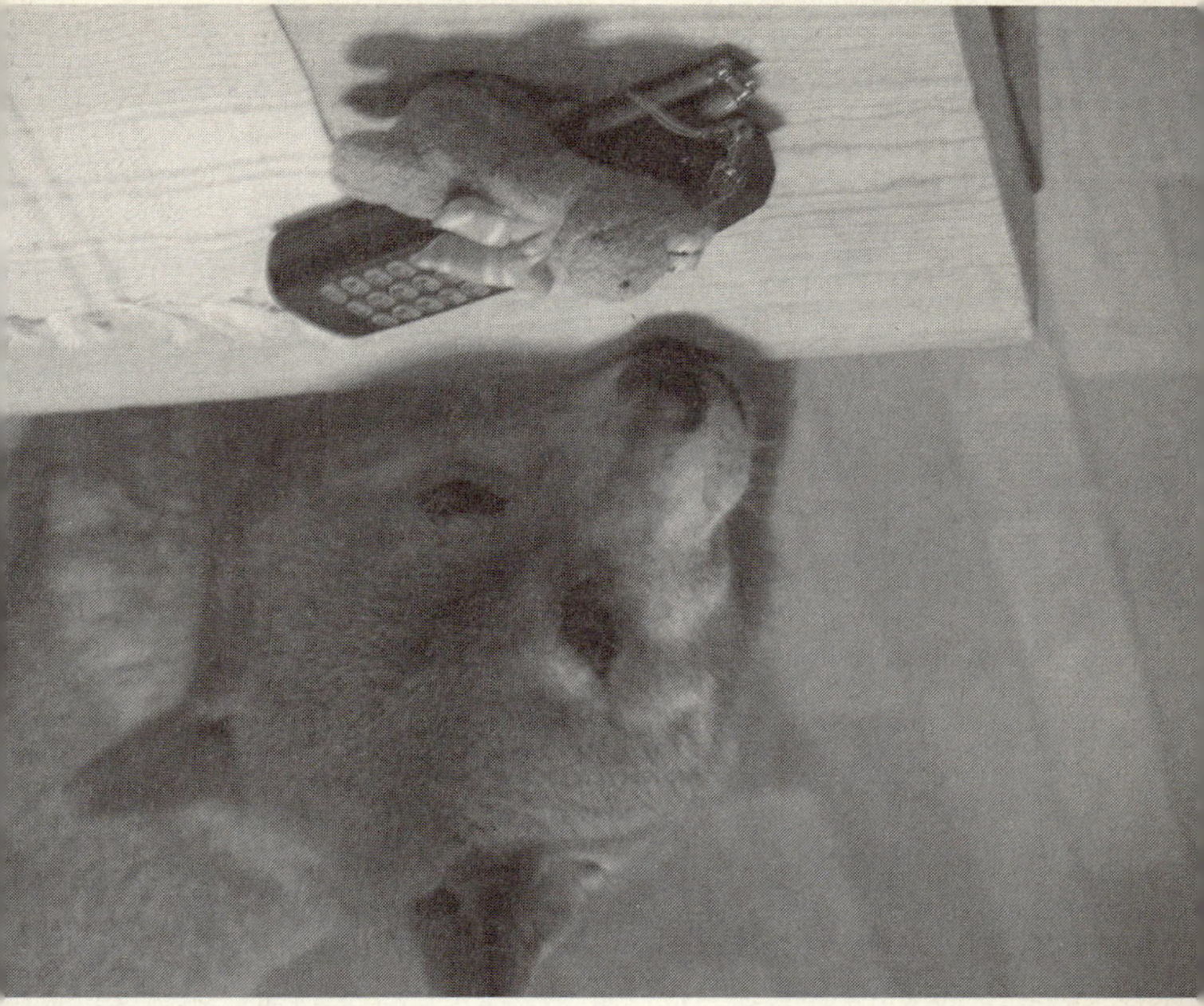

言い放った。

「もう放っておいてよ!!」

「なにゆうてるん、美春?!」

実家の姉の声だった。

「何でもないちゃ。どうしたね、姉ちゃん?」

「母ちゃんが意識不明で大変ちゃ!!」

＊　＊　＊

実家のある富山から、美春が再び自宅のマンションに帰ったのは、姉の電話を受けてから二日後のことだった。

あの夜、富山に着いたのは深夜の二時過ぎだった。すぐに母の運ばれたという病院に駆けつけた。姉とその夫は、意外に落ち着いた様子で迎えてくれた。母は風呂場で足を滑らせた拍子に、頭を打って昏倒したらしい。救急車が到着する頃には意識は回復していたそうだ。病院ですぐに脳波の検査とレントゲンを撮ったが、これといった異状は見られなかった。母は疲れたのか、そのまま眠ってしまったらしい。人騒がせな、とは言い切れなかった。母ももう七十四になる。それだけ、衰えたということだ。

翌日の朝、母が目を覚ました。ベッドの横に座っている美春の姿を見ると、母は苦笑して、「なんね、大事ないちゃ。わざわざ来んでもよかったのに」と言った。

「気をつけんとだちかんよ。もう若くないんだから」と、美春はやんわりと母をたしなめた。

姉が美春に、「あんたも早く結婚して、母ちゃんを安心させてあげなさい」と言った。しかし母は、「よか、よか、焦らんでも」と言ってくれた。母は酒乱の父と別れて、女手ひとつで自分と姉を育ててくれた。そんな苦労を経験したせいか、無闇に結婚を急かしたりはしなかった。でも、本音を言えば、早く孫の顔を見たいと思っているのだろう。美春が病院を去る時に、「おまえは我が家で一番の器量よしだから、ちっとやそっとだちかん種貰っても、可愛い子が産まれるちゃ」と言って、笑っていた。

会社に電話を入れると、社長が出て、「今日、明日はゆっくりしてこい。出社したらまた、馬車馬のように働いてもらう」と言った。

この二日間は、久しぶりの思わぬ帰郷となった。

マンションの鍵を開けて中に入ると、部屋の隅でポチがげんなりと座っていた。

エサをやっていくのをうっかり忘れていた。

「ごめんね、ジョニー。今すぐ、ごはんあげるから」

ポチがもっさりと起き上がって、玄関の前に来た。郵便受けに前脚をかけるとガリガリと引っかいた。

美春が「なに？」と聞くと、ポチが「ワン！」と郵便受けに向かって吠える。

ポストに手紙がきてるってことか。

そう気付いて、郵便受けを開けた。

電気料金や水道料金の明細に混じって、封筒が一通出てきた。配達されたものではなく、直かに投げこまれたものだ。表には、見慣れた字で〝美春へ〟と書かれていた。

封を開けると、手紙と一緒に舞台のチラシとチケットが入っていた。

〝劇団メモワール第二十三回公演「True Love」公演日九月十二日〜九月

十九日〟チラシには役者の顔が丸抜きで入っていて、その隅っこの方に、にっこり笑った正夫の顔があった。手紙を開いてみた。

〝さっきはごめん。本当はあんなことが言いたかったわけじゃないんだ。僕はやっぱり美春のことが忘れられない。次の公演はミュージカルです。君のために心をこめて愛の歌を唄(うた)います。絶対、見にきてください。そして、もう一度、やり直そう〟

あの夜、正夫はずっとここで美春の帰りを待っていたのだろう。

ポチは、それを美春に教えようとしてくれたのだ。

「ありがとうね、ジョニー。さぁ、今日はドッグフードじゃなくて、なんかおいしいもの作っちゃおうかな！」

手紙とチラシをリビングのテーブルに置くと、美春はキッチンに向かった。

三

それからまた、忙しい日々が続いた。

〈ペットDEデート〉と名付けられた美春の企画は、ローカル紙とケーブルテレビと地元ラジオ局を通じて募集告知がかけられた。思った以上に大勢の参加者が集まった。参加者の飼い犬のデータや、犬にとりつけるネクタイやリボンの作製も、ほとんどが美春や植木の手作業で行われた。

リボンを作りながら、美春は会社の壁のカレンダーに目をやった。今日は九月十九日。イベントの実施日まで、あと五日に迫っていた。同時に頭に浮かんだのは、正夫が置いていった舞台チラシの公演スケジュールだった。確か、今日が最終日だった。延ばし延ばしにしていたら、いつの間にか、今日まできてしまった。

きっと正夫は、この公演に美春がくると信じているのだろう。時計を見ると、六時を少し回ったところだ。夜の部は、確か七時開演のはずだ。

「望月先輩、大丈夫ですか？」

植木にそう言われて、美春はふと我に返った。

「さっきからぜんぜんはかどってませんよ。ずーっと同じことやってるし」

手元を見ると、結んでいたはずのリボンがほどけて、だらりと垂れ下がっている。

「ごめん。さ、頑張ろっか！」

「もしかして、今日、なにか予定があるんじゃないですか？」

どんなに勘の鈍い人間でも、美春の様子を見ていれば一目瞭然（りょうぜん）だ。美春がカレンダーを見て、時計を見る仕種（しぐさ）をするのは、何もこの数時間にはじまったことではない。今日一日中繰り返しているのだ。

「何言ってんのよ、あんたはこの企画を成功させることだけ考えていればいいの。初めての仕事でしょ！」

「だから、言ってるんです。僕ひとりでやった方がはかどる、って」

ちょっとムッときたが、にこりと微笑む植木の顔を見て、ガキなりに気遣いを見せているのだ、と察した。

「早く行っちゃってください。僕までソワソワが感染（うつ）りますから」

美春はガバッと席を立つと、ジャケットとバッグを引っ摑んで、ドアに駆け出した。丁度、帰ろうとしていた社長を押し退けるようにドアを開ける。出がけに、植木に向かって、「わたしの分の仕事、とっといてね!!」と言い残して走り去った。

＊　＊　＊

　正夫の舞台がやっている隣町の文化ホールまでは、タクシーに乗れば三十分くらいの距離だ。今からなら優に間に合うと思い、大通りでタクシーを拾った。しかし、あとワンメーターという距離まできて、工事渋滞にはまってしまった。車列はぴたりと停まったまま、まるで動かない。

「運転手さん、七時に間に合う?!」

「どうかねぇ、約束できないなぁ」と運転手は呑気(のんき)に耳をかきながら言った。

　待っていても仕方がない。運転手にここまでの料金を精算してもらうと、車を降りて駆け出した。これでも学生の頃は、陸上部の短距離選手だったのだ。

文化ホールまでの道程(みちのり)を駆けながら、美春は思った。たぶん今日、正夫と会わなかったら、ふたりの関係は本当に終わるだろう。最初は正夫も悲しむかもしれないが、一週間もすればきっと立ち直る。そうしたらまた、あの劇団の女の子でも誘って飲みに行くだろう。今度は、掃除にやってくるお姉さんも、世話好きのお母さんも現れない。やがてふたりは、恋人同士になるかもしれない。

美春が今持っているバッグは、正夫が精一杯の無理をして買ってくれたものだ。彼が居酒屋でもらう給料のほとんどは、稽古場(けいこば)のレンタル代や衣装代、公演チケットのノルマで消えている。前に美春がノルマの半分を買ってあげようとしたら、いつになく彼が激しく怒った。

「服を買ってくれるのもいい、掃除をしてくれるのもいい。でも、それだけはしないでくれ！　そんなことされたら、俺たち恋人同士じゃなくなるよ。俺の公演には、俺が君を招待する。そう決めてるんだ」

もし、美春が正夫とヨリを戻しても、彼の今の生活からすれば、ふたりが結婚できるのはまだ遠い先の話だ。美春の母はもしかすると、孫の顔も見ずに死んでいってしまうかもしれない。

そんなことが頭の中を駆け巡りながらも、美春の足はただ前へと進んだ。彼女が文化ホールの前に着いたのは、公演開始の一分前だった。呼吸を調えて、ホールの階段を上がっていく。モギリのスタッフの前でチケットを出して、ふいに美春は思いとどまった。

今夜、わたしと正夫は元の関係に戻るかもしれない。

でも、それって幸せなことなのだろうか？

開演のブザーが場内に響き渡った。

スタッフが美春のチケットを受け取ろうとして、慌てて手を伸ばした。

美春は、その手を遮ると、「用事を思い出しました」と言って踵(きびす)を返した。途方に暮れるスタッフを残して、美春は今来た階段を降りていった。

もしかしたら、このままでいいのかもしれない。他愛のない意地の張り合いから始まった諍(いさか)いだったが、それはふたりにとって良いきっかけだったのかもしれない。

鳴り響くブザーの音を聞きながら、美春は次第にホールから離れていった。

*　*　*

もうなん時間そうしているだろう。部屋に戻った美春は、服のままベッドに身を投げて、天井を見つめていた。

初めて正夫と会った時のことを思い出していた。

美春の会社が引き受けた、町おこしイベントでのことだった。賑やかしで呼んだ着ぐるみのアルバイトの中に正夫がいた。会場で短ランにボンタンを穿いたガラの悪い中学生のグループが、出店を開く町内会の人たちに絡んでいた。その中学生を止めようとしたのが、正夫だった。中学生たちは逆に正夫に摑みかかっていった。美春もその騒動に気づいて、すぐに駆けつけたが、女の力ではどうにもならない。中学生が美春を思いきり突き飛ばした。その瞬間、正夫のパンチが中学生の顔面に炸裂した。町内会の人たちが寄ってたかって、正夫を制止した時には、中学生たちの顔面はすでにボコボコに腫れ上がっていた。これだけを取れば、正夫の行動は度が過ぎるとはいえ、けして非難されることではない。問題はその時の状況であった。彼は〝ピカチュー〟の着ぐるみを被っていたのだ。翌日の町おこしイベントの新聞記事の見出しは、〈ピカチュー、白昼の流血騒動〉とでかでかと書き立てられた。美春は、正夫と共に関係各所へのお詫び行脚を続けた。それが終わる頃、ふたりは付き合うようになっていた。思い出すと可笑しくなった。笑いながら涙が出た。ゴロリと横になると、美春がポチのために買ってきたビニールボールが転がっていた。ポチはぜんぜん、このボールで遊ぼうとはしなかった。

　ポチが、美春の様子を窺うように見つめている。

　美春がボールを手に取ると、ポチに放ってみた。

「ほら、取ってきて」

　ポチはボールをやり過ごした。

　美春がベッドから起き上がって、ボールを拾いにいった。もう一度、ポチに投げる。しかし、ポチは無反応だ。美春がもう一度、ボールを拾った。ポチに向かって投げようとしたが、どうしようもない苛立ちがこみ上げてきて、ボールを壁に投げつけた。

美春の中の回路が、完全にショートした。

止めどなく涙が溢れてきて、床にしゃがみこんでしまった美春は、小学校の時以来、初めて大きな声をあげて泣いた。

「クゥン」とポチが鼻を鳴らす声がした。

ポチが美春の足を鼻面で突っついている。美春が見ると、ポチが顔を上げた。その口には、さっき美春が壁に叩きつけたボールがしっかりくわえられていた。

ポチは「ワン!」と吠えると、ボールを美春の前に置いた。

美春がボールを摑んでポチを見る。

ポチもじっと美春を見ている。

美春がボールを放ると、ポチがそれをくわえて彼女の前に戻ってきた。

美春は、ポチを力一杯抱きしめた。

「大丈夫。明日は元気だから、きっと……」

＊　＊　＊

イベント当日の九月二十四日は、晴天となった。ウキウキパークには、百人近くの男女と飼い犬が集まって、盛況な賑わいとなった。カップルもかなりの割合で成立した。

美春は満足そうにその様子を眺めていた。まずは成功と言えるだろう。咄嗟の思いつきにしては、よくここまで漕ぎ着けたものだと、我ながら自分を褒めてやりたい気分だった。

イベントが終わって、参加者を送り出すと、美春はパーク内のレストランで、社長や植木たちスタッフと一緒の軽い打ち上げに参加した。その勢いで町に飲みにいく、というみんなの誘いを断って、美春は帰宅することにした。

企画の立ち上げから今日まで、ずっと働き詰めだ。早く帰って眠りたいと思った。

部屋に入ると、ポチがそばに置いてあったビニールボールをくわえて、美春に近づいてきた。美春が泣いた日から、ずっとこうだ。もしかして、ボールを渡してやらないと、美春がまた泣くとでも思っているのだろうか。自分の方がポチに飼い馴(な)らされているような気がした。

「はい、ありがとう」

いつものようにそのボールを受け取ると、スーパーの買い物袋と一緒にキッチンのテーブルの上に置いた。それからポチのために、〈愛犬モリモリ〉をごはん皿によそってやった。

ポチがエサを食べている間に、美春は部屋着のスウェットに着替えた。

携帯電話をリビングのデスクの上の充電器に置こうとして、その手が止まった。

正夫は今、なにをしているのだろう?

あれから、正夫からの電話はなかった。正夫もまた、あの日がふたりにとっての正念場だと思っていたようだ。きっともう、立ち直っている頃かもしれない。

……声が聞きたい。

急にそんな衝動に駆られた。もしかすると、昼間、さんざん肩寄せ合うカップルの姿を見て、あてられたせいかもしれない。

携帯電話のリダイヤル機能を操作すると、すぐに正夫の番号が表示された。一ケ月前までは頻繁にかけた番号だ。

通話ボタンを押してしまってから、すぐにオフのボタンを押した。

なにを考えてるんだ、わたしは。もう終わったことじゃないか。

そう自分に言い聞かせて、気持ちを引きしめた。

ふっ切るように、携帯電話をデスクに放り出すと、美春は浴室へと向かった。

いつもよりゆっくりバスタブに浸かってから、美春は浴室を出た。

リビングに戻ると、ポチが美春の携帯電話を前脚で転がしていた。デスクに置いたつもりが、勢い余って床に落ちてしまったようだ。

「ジョニー、悪戯(いたずら)しちゃダメよ」

美春がポチから携帯電話を取り上げた。

マンションの外から誰かの唄声が聞こえてきたのは、その時だった。

〈夢の中で出会った
君のその笑顔　その瞳が
僕の心臓を射ぬくのさ〉

美春のよく聞き覚えのある声だった。

〈嘘はつけない　君はもういない
あふれ出す涙　止めることなんて　できるはずもないさ〉

「なにかしら?!」

と、隣の部屋の窓が開いて、住人の声がした。その時にはもう、美春は自分の部屋の玄関を駆け出していた。閉まりかけたドアをすり抜けるようにして、ポチも美春の後に続いた。

〈たった一度の過ち　君と出会う前の僕に戻ることは

出来ないの　二度と〉

マンションの玄関の前で、正夫はただ一心に唄い続けていた。

正夫の歌声に家々のベランダの窓が次々と開いて、住人たちが、なにごとかと顔を覗かせていた。

〈それはTrue Love　見つけてしまった
True Love なぜこんなに苦しいの
True Love それは火さ　もう一度〉

美春がマンションの玄関から駆け出してくると、正夫が彼女に歩み寄ってきた。

〈そして True Love はじめよう〉

美春の中の迷いや不安は、もうどこかに消し飛んでいた。ただ、夢中で正夫の胸に飛び込んでいた。正夫は美春の背をしっかりと抱きしめた。

「どうして？」

「あの犬のおかげだよ」

と正夫が、マンションの玄関の前に座っていたポチを見て言った。

ポチの口には、あの薄汚いボールがしっかりとくわえられていた。

「ジョニーが？」

「携帯が鳴ったんだ。きみからの電話だった。出てみたら、電話の向こうから聞こえたのは、犬の吠える声だった」

美春はハッとなった。たぶん、ポチは携帯を転がしているうちに通話ボタンを踏みつけたのだ。それで正夫に電話が繋(つな)がってしまったのだろう。

「あの犬が俺に、今すぐきみに会いにこい、って言っているように聞こえたんだ。そうしなけりゃ、本当に終わっちまうぞ、って」

「あの子に感謝しなくちゃ」

美春はポチを見て言った。

まわりから一斉に拍手が沸き起こった。美春がマンションを見上げると、無数の部屋のベランダから住人たちが顔を出していた。まわりの目も気にせずに、なりふりかまわずに唄い切った正夫の勇姿に喝采(かっさい)を送っていた。

正夫はマンションの住人に向かって、うやうやしく一礼してみせた。

「いい歌だね。やっぱり舞台見にいけばよかった」

美春が言うと、正夫が気まずそうに顔をしかめて言った。

「実はこれ、主役の歌なんだ。今日だけ借りちゃった」

美春と正夫は、顔を見合わせて笑った。

ふたりの前をポチがいそいそと通り過ぎていく。

「ジョニー？」

ポチは聞こえないのか、そのまま歩き続けた。

「……そっか」と気付いたように、美春が呼び直した。

「ポチ！」

ポチが立ち止まって、振り返った。

「どこいくの、ポチ？」

ポチはまた、背中を向けて歩き出した。

「もしかしてアイツ、飼い主を探してるんじゃないかな？」

と正夫が言った。

正夫の言葉に、美春は気が咎(とが)めた。自分のことで頭が一杯で、ポチの気持ちなんか考えたこともなかったからだ。

「動物だって人だって同じだよ。一緒に暮らしていくには、ただ好きなだけじゃ駄目なんだ。大切なのは相手の気持ちなんじゃないかな」

「ごめんね、正夫」

美春が初めて素直に自分の気持ちを口に出した。

「そんな簡単にわかりあえたら、つまんないよ。これからも喧嘩しようぜ」

美春がポチに声をかけた。

「元気でね、ポチ。バイバイ！」

街角の明かりの中を歩いていくポチの姿は、やがて闇の中へと溶けていった。

よくわからないけど、ミハルさんとマサオさんが仲直りしてくれて助かったよ。

ミハルさんがひとりでいる限り、ボクはずっとあの部屋の中で暮らさなくちゃならないし、彼女のご機嫌を取るのは、本当につかれるんだ。それに、ボクはジョニーなんて名前好きじゃないしね。

それにしても、あの小さな箱を踏んづけてしまった時はびっくりしたな。いきなりマサオさんの声が聞こえてくるんだもん。

「美春さんは今、お風呂だよ！」

ボクはそうおしえてあげたつもりだったけど、通じたのかな？

ふたりとも、もうケンカしないでね。またボクみたいに、あの部屋に閉じ込められる犬がいたら可哀そうだからさ……。

ずいぶん長いより道をしちゃったな。ボクはまた、ヤマダくんを探しにいくとしよう。

さて、どっちにいけばいいんだろう?

第三章　寺田さんの特別な日

一

積み荷の段ボールをトラックの荷台に運んでいると、胸ポケットから杉良太郎の〈すきま風〉が流れてきた。寺田了吉(てらだりょうきち)は、段ボールを下ろすと、携帯電話をとり出した。

着信表示は、別れた妻の和代(かずよ)からだった。今日は、これで三度目だ。

「チッ、忙しいって言ってんじゃねぇか！」と愚痴って、携帯をしまうと、そのまま〈すきま風〉を聞き流した。段ボールを抱え直した時、胸のあたりにズキンと痛みが走ったが、それもすぐに治まった。よくあることだ。ここ数年、体のあちこちが軋む。

積み荷のリストにチェック漏れがないか、再度確認してから、事務所に了承印をもらいに戻った。同僚の中島がパイプ椅子に腰かけて、一服していた。

「中ちゃん、今日はどっち？」

「俺は西」と、中島が答えた。

「寺さん、最近、よく働くね」

「たまには、稼がねぇとな」

「ずいぶん、物入りそうじゃない。ひょっとして、これかい？」

中島が小指を立てて、下卑た笑みを浮かべた。

「いるかよ、そんな物好きが」

五十六にもなって、預貯金三十万足らず、六畳一間のアパート暮らしの男のもとに、のこのこ飛び込んでくる酔狂な女などいない。寺田はそう思った。

「谷やんみたいになったら、やりきれねぇぜ」

中島は事務所の人間と顔を見交わすと、言い辛そうに口を開いた。

「谷やんが、どうしたんだ？」

「死んだんだよ」

「いつの話だ、そりゃ？」

「昨日だ。部屋に倒れてるとこを、新聞配達の兄ちゃんが見つけたんだと。そん時にゃ、もう死んでずいぶん経ってたらしいぜ」

「そうかい……」

「寺さん、ずいぶん金貸してたんじゃねぇか」

寺田は、谷やんの前歯の抜けた赤ら顔と、ガニ股(また)歩きを思い出していた。

「生き別れの弟と連絡がとれてな。メキシコで家族と暮らしてんだ。俺に一緒に住まないかってよ。ただ、先立つものがな……」

金を借りる時の、谷やんの口実だ。二ヶ月に一回は、谷やんは同じ理由で、寺田から一万円程度の金を借りていった。しかし、彼がメキシコに行く気配は一向になかった。それでも、どこか憎めない男であった。長距離を走った後は、必ず地酒を持って事務所に現れて、みんなに振る舞ってくれた。

「てめぇの体が冷たくなっても、寝床が冷えたせいか、死んだせいかもわからねぇ。この歳でひとりで暮らすっていうのは、そういうことさ。お互いに、気をつけねぇとな」

中島はそう言って、煙草をもみ消すと、「じゃあ、ひとっ走り行ってくっかァ！」と、景気をつけて立ち上がった。

中島に続いて、寺田も事務所を出た。

* * *

高崎の営業所から、関越自動車道を抜けて首都高の飯田橋出口まで、およそ二時間。そこから、積み荷を下ろす本社までは、十五分足らずの道程だ。

車内の時計を見ると、十一時を少し回った頃だった。

少し早いが、高速に入る前にメシにしようと思った。

寺田は、通り沿いの飲食店を物色し始めた。

そう言えば、この先に評判のラーメン屋が出来たらしい。同僚の話に耳を傾けながら、「また、とんこつか？」と思っていたら、鳥ガラと鰹出汁の醤油ベースと聞いて、少し興味がわいた。

携帯電話が鳴った。着信は、やはり和代からだった。

寺田は観念して、通話ボタンを押した。

「やっと出た。なにやってたのよ?!」

非難めいた和代の口ぶりに、思わず、「仕事に決まってンだろうが、このタコ！」と怒鳴ってしまった。

「なにがタコよ、このデコ助！　あたしが好きでかけてるとでも思ってんの!!」

お互い、話をすればこんな調子だから、よっぽどのことがなければ連絡を取り合ったりしない。今はその、よっぽどのこと、であった。

「達也が頼むからかけてんのよ。アンタに、どうしてもきて欲しいって」

「だから、仕事だって言ってるじゃねぇか」

「アンタね、息子の結婚と仕事とどっちが大事よ。一生に一度のことよ」

十月九日の今日は、息子の達也の結婚式だった。

「一度かどうかなんて、わからねぇじゃねぇか……」

言ってから、「しまった!」と思った。勢いにまかせて、心にもないことを口走ってしまった。

「そういうこと言うかね、この馬鹿オヤジが?!」

救いようがない、と言わんばかりの、大きな溜め息が聞こえた。

「だからよ、俺なんか放っといて、そっちでちゃちゃっとやっちゃってくれや」

「あたしはいいのよ。達也に言ってよ」

と和代が、「達也!」と呼ぶ声が聞こえた。

「代わるなよ、式の前でアイッだって忙しいんだから。おい、聞いてんのか！」

話に夢中になって、前方から目を逸らしてしまった。気づいた時には、目の前を犬が一匹横切ろうとしていた。寺田はブレーキを踏みこんで、ハンドルを大きく左に切った。

タイヤのゴムがこすれるけたたましい音が響いて、犬が飛び退いた拍子に、くわえていたボールを落とした。

寺田のトラックは、路肩に乗り上げて急停車した。荷台の中から物がぶつかりあう音が反響してきた。

寺田はハンドルに突っ伏すと、フーッと息を吐いた。床に転がった携帯電話から、和代の「もしもし！」と呼びかける声がしたが、それどころではない。

トラックを降りて、荷台の荷物を確認する。荷物は片側に寄り集まってはいたが、梱包(こんぽう)が解けたりはしていなかった。

道路を見ると、あの犬がおろおろと足をもつれさせている。生きていたか、とホッとすると同時に、怒りがこみ上げてきた。

「あぶねぇじゃねぇか!!」

犬は寺田の声も耳に入らない様子で、道端の川を見やっていた。

犬がくわえていたボールが、川に流されていた。

「なんだってんだ……」

とぼやいて、トラックに戻った。

すでに携帯の通話は切られていた。まぁ、いいや、と思い、運転席に乗り込むと、すぐそこにあのラーメン屋があった。

丁度いい。入ってみるか。

寺田はトラックを動かすと、ラーメン屋の駐車場に停車させて、店ののれんを潜っていった。

＊　＊　＊

「やっぱり、噂はあてにならねぇ」と、寺田は独りごちた。

期待した自分が馬鹿だった。まずいラーメンだった。

これだったら、俺の作ったラーメンの方がずっとうめぇや。

寺田が東京の神田で、〈天来軒〉というラーメン屋を開いたのは、十五年も前のことだ。高校の同級生だった和代と結婚して二十二年目、陸送で稼いだ金と借金を元手に出した、念願の店だった。一人息子の達也は、その時、十歳になっていた。今から思えば、あれが人生で最高の時だったのかもしれない、と寺田は思った。

道端にまだあの犬がいた。相変わらず、川を見つめている。寺田が川を覗(のぞ)くと、さっきのボールが枯れ枝に絡まってとどまり、水流に押されてくるくると回り続けていた。

……しょうがねぇな。

寺田は犬のそばに近づくと、「あれが取りてぇのか」と声をかけた。犬はちらりとこちらを見上げて、すぐにまた川のボールに視線を戻した。

寺田は足下にあった枝を拾うと、手を伸ばしてそれを川の中に差し出した。ボールを引っかけて、手繰り寄せようと考えたのだ。しかし、枯れ枝から外れたボールは、再び川の流れを下りはじめた。慌てた寺田が、思わず川に足を突っ込んでしまう。こうなれば、仕方がない。寺田はズボンが濡(ぬ)れるのもお構いなしに、川に入ってボールを摑(つか)みあげた。

〈すきま風〉が、また流れ出した。着信表示は和代からだ。しつっこいヤツだ、と思い、ボタンを押すと、「いい加減にしねぇか！」と怒鳴ってやった。

間が合って、「俺だよ、おやじ」と息子の達也の声が電話口から返ってきた。

「お、おう。なんだ、達也か。準備はいいのか？」

「ああ。……それより、来てくれないの？」

「今、仕事で高崎なんだ。ちょっと間に合いそうもねぇな」

「そう」と、達也は残念そうに呟くと、「母さんから、お金受けとったよ」と続けた。

「そうか。あの野郎、猫ババしなかったんだな」

寺田は照れ臭さを誤魔化すように笑った。

「所帯を持つともなれば、何かと物入りだろう。俺に出来ることは、そのくらいだからよ」

「ありがとう」

「……よせよ」

「忙しいのに、ごめん」

「いや、大丈夫だ」

「またね」

「……おう」

通話が切れた。久しぶりに聞く達也の声だった。最後に話したのは、彼がまだ高校生の頃だ。あいつも家庭を持つ歳になったか、と感慨深いものがあった。

「父さん！」と、幼い頃の達也の声を聞いた気がした。

川向こうの道端に、真新しいグローブをはめた小学生の頃の達也が立っていた。

達也が寺田に向かって、グローブをはめた手を振り上げた。

「行くぞ、達也!!」

寺田が、完璧(かんぺき)なピッチングフォームで手にしたボールを振りかぶって投げた。これでも、甲子園の地区予選決勝まで勝ち進んだ腕前だ。チームのエースピッチャーだった頃は、女子にもキャーキャー騒がれたものだ。なのに自分は、一番愛想のない女に魅かれて結婚した。不思議なものだ。

ボールをキャッチしたのは、あの犬だった。ジャンプして、見事にぱくりと口にくわえた。

そこにはもう、達也の姿はなかった。

「……ナイスキャッチ」

びちゃびちゃと水を滴らせながら、寺田が道端に上がっていく。腕時計を見ると、十二時七分だった。達也の結婚式は確か一時からだ。いずれにせよ、もう間に合わない。

「余計な時間食っちまった。早く東京にいかねぇと……」

濡れたズボンの裾を捲り上げると、トラックに戻った。ドアを開けて乗り込もうとすると、背後で、「ワン！」と吠える声がした。あの犬が、寺田の後ろについてきていた。

「なんだよ?!」

犬がトラックのタイヤを前脚で引っかいた。

「まさか、乗せてけって言ってんのか」

犬が寺田の顔をじーっと見ている。

「馬鹿よせ、そこまで面倒見きれっか！」

犬を押し退けると、寺田はトラックのドアを閉めて発進させた。

サイドミラーを覗くと、トラックから吐き出される黒煙に混じって、こちらを見送っている犬の姿が映って見えた。

「冗談じゃねぇや」と呟いてみたが、見送っている犬の目が、サイドミラー越しに、寺田の視線を射ぬいてきた。

二

〈人を愛して　人はこころひらき
傷ついて　すきま風　知るだろう〉

寺田が気持ちよさそうに、〈すきま風〉を口ずさんでいる。

それに間の手を入れるように、助手席で犬が吠えている。

「ポチだったっけ」と寺田が、さっきボールに書いてあった文字を思い出して言う。「いいねぇ、お前。わかってるじゃないの！」

ポチが「ワオ〜ン」と吠えると、寺田が「おッ、いい喉してるねぇ〜！」と突っ込みを入れる。案外、いい旅の友が出来た、と寺田も満更でもなかった。

窓外に見える木々も、そろそろ紅く色づきはじめていた。そういえば、毎年恒例の赤城山の紅葉見物は、いつも谷やんの仕切りだった。運転手などトラックを降りれば、気ままな生活を送る連中ばかりだ。誰かが、谷やんに代わってまとめない限り、今年の紅葉見物はないだろうな、と思った。

さっき濡らした足元がどうにも冷たくて、寺田は高坂のサービスエリア

に立ち寄った。ポチと連れ立ってトイレの前にくると、「ちょっとここで待ってろ」と言い置いて、トイレに入った。

小用を足すと、手洗い用のハンドドライヤーに、濡れた足をさらした。吹きかける温風が、スボンの裾を乾かし、同時に冷えた足を暖めてくれる。

にわかに外が騒がしくなり、学生服の男子生徒たちがガヤガヤと雪崩れこんできた。秋の遠足にやってきた高校生たちだった。寺田は足を引っこめると、トイレを出た。

ポチがゴミ箱に首を突っこんでいた。そういえば、こいつは昼飯も食ってなかったな、と寺田は思った。

「おい、相棒。ガッガッすんなって。ちょっと待ってろ」

売店でアンパンを買うと、外で待っていたポチに千切って食べさせてやった。余った分を自分も一緒に摘んだ。

女子高生たちが、「ほら、見て見て、ワンちゃん！」と賑々しくこちらに近づいてきた。「さわっても大丈夫ですか？」と寺田に訊いてくる。「おう」と答えると、女子高生たちは、代わる代わるポチの頭を撫でまくった。ポチも、素直に身を任せている。

動物も人も一緒だ。オスってのはみんな、女の肌が恋しい生き物なんだな。

ポチが女子高生と戯れている間に一服しようと、寺田は煙草に火を点けた。

トイレからガヤガヤと学生服の一団が駆け出してくる。その流れが途絶えると、ひとりの生徒が寺田の方を向いて立っていた。

その面立ちは、高校時代の寺田によく似ていた。

「達也……」

そうだった。あの日もそんなふうに、ふいに高校生の達也は、寺田の前に現れたのだ。

和代と離婚して、二年が経っていた。その時、寺田は四十六歳になっていた。まさか、高速道路のサービスエリアで、別れた息子と再会しようとは……。

念願のラーメン屋は、開店から三年で経営が破綻した。味は悪くなかった、と今でも思っている。しかし、彼には商才がなかった。素材にこだわって作ったラーメンは、売れば売るほど赤字を出した。気に入らない客は、容赦なく叩き出した。「アンタ、大名じゃないのよ。店の主人が、客に気を遣わせてどうすんのよ」と、和代が言った。寺田はつい、和代に手を上げてしまった。

客足も減り、店も休みがちになった。寺田はパチンコ、競馬と暇を埋め合わせるようになった。店の閉店と共に、寺田が作り上げた家庭も崩れ去った。

人手に渡った〈天来軒〉を整理しながら、あの日も寺田は、〈すきま風〉を口ずさんでいた。

〈夢を追いかけ　夢にこころとられ
つまずいて　すきま風　見るだろう〉

店を手放すと、寺田は再びトラックに乗りはじめた。

「元気だったか、達也？」

高校生の達也は、「ああ」とだけ呟いた。

「学校はどうだ？」

「どうって、何が？」

父親らしい言葉を必死に思い浮かべようとしたが、なにも浮かんでこなかった。自分の不甲斐(ふがい)なさに打ちのめされた。

「達也！」と、同級生の呼ぶ声がした。達也は寺田に、「じゃあね」と言って、駆け去っていった。寺田は、息子の背中をずっと見送っていた。

あれから、十年の年月が流れた。達也も今は、立派に嫁を娶(めと)るまでに成長した。それも和代がしっかり育ててくれたおかげだ。自分はなにもしてはいない。

今さらこの俺が、どの面下げて、達也の嫁さんに顔を合わせられる。

自嘲(じちよう)気味に笑った寺田は、ポチの吠(ほ)える声に、現実に立ち返った。

振り返ると、男子生徒たちがポチを追いかけ回していた。止めに入る女子生徒の注意も聞かず、手にした空き缶をポチに投げつけている。

「やめねぇか!!」

寺田は、男子生徒たちの群れの中に飛び込んでいった。手当たり次第に彼らの頭を張り倒していく。

「なんだよ、このオヤジ！」

反抗的な声をあげる男子生徒の首根っこを摑んで、「どんな教育受けてるんだ、てめぇらは！」と怒鳴ってやった。息子を捨てた親が言えた義理ではないが、それとこれとは別だ。

寺田に首根っこを摑まれた生徒を助けようとして、他の男子生徒たちが組みついてきた。

騒ぎに気づいた、引率の男性教師が駆けつけてきた。

「こら、お前らよさんか！」

と一喝されると、さすがに男子生徒たちも静まった。

平謝りで頭を下げる教師に、今度は寺田が恫喝した。

「てめぇの生徒ぐらい、しっかり見張っとけ！」

興奮した拍子に、胸のあたりがズキリと痛んだ。またすぐに治まると思ったが、今度はそうはいかなかった。痛みは更に激しくなり、錐を刺されたように寺田の胸を抉った。そのまま、彼はうずくまってしまった。

男性教師が、「大丈夫ですか？」と介抱してくれた。

寺田は、脂汗を浮かべたまま、返事も出来ないでいた。

駆けつけたサービスエリアの職員たちの手で、寺田は医務室に担ぎこまれた。すぐに、当直の医師が診察にあたった。ベッドの上で苦痛に身をよじる寺田を、職員たちが押さえ、その間に医師が寺田の胸に聴診器をあてた。

「落ち着いて、落ち着いて、深呼吸してください」と、医師は冷静に寺田に呼びかけた。「吸ってぇ〜、吐いてぇ〜」と繰り返す医師の声に合わせて、寺田も呼吸を整えようとする。胸の痛みも少し和らいできた。

聴診器をあてながら、寺田の心音を確認していた医師が、「もう大丈夫でしょう」と言った。

「ありが……とう……ございます」

寺田は途切れ途切れに、言葉を発した。

「しばらくは、安静になさった方がいいでしょう」

医師の言葉に、寺田が頷いた。

職員たちはホッとしたように、「なにかあれば、すぐに言ってください」と医師に言い残して、仕事に戻っていった。

「楽になったら、声をかけてください」

医師がベッドのまわりのカーテンを引いてくれた。

カーテン一枚を隔てただけで、寺田のまわりに静寂が訪れた。

寺田は、軽く目をつぶった。急に体が重たくなって、ベッドに沈みこんでいきそうな気がした。

体育会系で鍛えられたこともあって、体力には人一倍自信があった。事実、四十代までは、疲れが翌日に尾を引くようなこともなかった。ところが、五十の声を聞いた途端、急に衰えを感じた。それまでは、難なくこなしていた往復路の運搬も、今では疲労感に勝てず、若い連中に任せるようになった。

先月から働き過ぎた。少しでも、達也の結婚資金の足しになればと思ったのだ。

ガラにもないことをした罰かもしれねぇな。

枕元でカーテンがふわりと、風に揺れて舞い上がった。目を開けると、カーテンの隙間から、床に座ったポチの姿が逆さまに見えた。ポチは誰かの手をなめている。さっきの医師だろうと思ったが、ポチの横で背を向けて屈(かが)んでいる男は、自分と同じ作業ジャンパーを着ていた。男が振り返った。

——谷やんだった。

逆さまの谷やんの顔が、寺田に近づいてくる。

「しっかりしなよ、寺さん」と、吐く息が酒臭かった。

あれほど注意しても、酒を引っかけてトラックに乗る癖が直らない。いや、そんなことはどうでもいい！

「アンタ、死んだんじゃねぇのか?!」

「誰が？」

「いや、だって……。もしかして、俺が死んじまったのか？」谷やんがニタニタ笑って、「何を馬鹿なこと言ってんだ。アンタはちゃんと生きてるじゃねぇか」と一蹴した。

「それよか、アンタに礼を言わなきゃと思ってよ」

「礼って？」と、寺田が訊く。

「メキシコにいってきたよ」

「弟さんと会ったのかい？」

「ああ。俺みてぇな酒焼けの顔と違って、日に焼けていい色してやがった。そんでも、やっぱ兄弟だな。面ァ、オヤジにそっくりだ」

「……そうかい」

「甥っ子と姪っ子も、何かと世話焼いてくれてな。早くメキシコの生活に慣れるようになって、あっちこっち連れってってくれてよ。なんだか急に、息子と娘が出来たみてぇだ」

「よかったな、谷やん」

谷やんは、「ああ」と頷くと、噛（か）みしめるように言った。「家族って、いいもんだな、寺さん」

「そうだな」と、寺田も頷いてみせたが、そんな感情はとうに消え失せていた。

ファン！　と、トラックのクラクションの音が、外から響いてきた。

「いけねぇ、そろそろ時間だ」

谷やんが急に慌ただしく、「アンタも元気でな」と言い残すと、床に座っていたポチの頭を撫（な）でてから、カーテンの向こうに姿を消した。

ちくしょう。事務所の連中、みんなして俺のことを担ぎやがって。すっかり、騙された、と寺田は悔しがった。

カーテンの向こうにさっきの医師が現れた。医師は、ポチを見つけると、

「あ、入っちゃ駄目だって言ったろ！」と追い払おうとした。

寺田がベッドから起き上がって、「怒らないでやってください、先生」と制止する。「俺のことが心配できてくれたんですよ。今、俺の同僚と一緒にね」

「同僚……。どなたかこられましたか？」

と医師が聞く。

「先生が留守にしている間に」

「わたしはずっと、ここに居ましたけど……？」

寺田はカーテンを開けて、医務室の中を見渡した。

「夢でも見たんでしょう。でも、少しでもお休みになれたのなら、なによ

りです」

　夢ではない、と寺田は思った。彼の鼻孔（びこう）には、今でもあの谷やんの酒臭い息の匂いが残っていた。

「えっと、お名前は寺田さんですね」と、医師が寺田の免許証を見ながら、問診表に書き込む。「突発性だと思いますが、念のため、健康診断をお勧めします。狭心症ってこともありますしね」

「はぁ」と、寺田は曖昧（あいまい）な返事をした。

　それから医師に礼を言うと、ポチを連れて医務室を後にした。

　廊下に出ると、寺田はポチを見て言った。

「見たよな、お前も？」

　ポチはただ、寺田の顔を見つめて黙っている。

「ま、どっちでもいいか」

ポチを見る寺田の表情に、柔和な笑みが浮かんだ。

駐車場に戻って、トラックに乗り込むと、時計に目をやった。一時四十二分だった。

「また時間食っちまったな。さて、出発するか!!」

とエンジンを噴かして、トラックを発進させた。

新座料金所を通過して、練馬インターから首都高に入ったのは、二時十分頃だった。目黒の教会でおこなわれている達也の結婚式も、そろそろ佳境を迎えているはずだ。達也には幸せな家庭を築いてほしい。父親と母親がいて、子供たちと一緒に食卓を囲む。当たり前だが、今の自分にはもう手の届かない光景だ。

「家族って、いいもんだな、寺さん」

さっきの谷やんの言葉が蘇ってきた。

谷やんは遠くメキシコに暮らす家族を手に入れた。なのに自分は、すぐそばにいる家族にすら会えないでいる。

いや、そうじゃねぇな、と寺田は思った。

何をカッコつけてんだ、俺は。達也に金を渡して遠くから見守る素振りをしてみせりゃ、それでいっぱしの父親になったつもりか？　そんな屁のつっぱりにもならねぇプライドのために、俺は息子の大切な日をすっぽかそうとしている。いいのか、本当にこれで?!

ハンドルを握る手にグッと力を込めた。

「そうだな、谷やん。いいもんだよな、家族ってのはよ」

携帯を取り出すと、本社に電話をかけた。

「寺田ですが、一時間くらい遅れるかもしれないんです。……ええ、渋滞なんすよ、すんません!!」

通話を切ると、寺田は助手席のポチを見て言った。

「おい、相棒。ちょっと、寄り道つき合ってくれ!!」

ポチが、「ワン!」と大きく吠(ほ)えた。

三

首都高を下りてから、本当の渋滞に引っかかってしまった。こればかりは、どうにもならない。逸(はや)る気持ちを抑えて、少しでも前へ進めと体を押し出してみたが、車列は彼の意に反してトロトロと進むばかりだ。

ようやく目黒の教会に着いた時には、とうに三時を回っていた。

寺田がトラックを駆け降りると、ポチもピョンと飛び降りて後に続いた。教会の正門を潜って、チャペル目指して懸命に走った。胸の発作のことなど、すっかり忘れていた。

神様、冥土(めいど)の土産に、俺の息子の晴れ姿を見せてくれ!!

寺田は、チャペルの扉を思いきり押し開けた。

中はもぬけの空だった……。

「ご参列の方ですか？」

と背後から声をかけられた。

扉の外に老神父が立っていた。

「寺田……いや、大峰達也と恵美子さんの結婚式は？」

「今さっき、滞りなく終わりました」

そう言いながら、老神父はチャペルの中に入ってきた。寺田の足下にいるポチの頭を、優しく撫でている。

「あの……新婦は、恵美子さんはどんな方でしたか？」

老神父は寺田を見ると、穏やかな笑みを浮かべて言った。

「大きな瞳に、長くて美しい髪をした、とても可愛らしい方でした」

「……そうですか」

「新郎は、とてもお幸せな方です」

その時、寺田の携帯が鳴った。着信はまた和代の電話からだった。お説教か、と思ったが、今度は素直に受け止めるつもりでボタンを押した。

「あの……寺田さんですか？」と、涼やかな女性の声が聞こえてきた。

「はぁ……？」

「達也さんの妻です。恵美子といいます」

寺田は緊張のあまり声を失った。

「突然ですみません。今日はお会いできなくて、とても残念でした」

「それは、どうも」

「今日から、達也さんと一緒に生きてゆきます」

「……はい」

彼女の真摯(しんし)な物言いに、寺田も襟を正す気持ちで応じた。

「今度、きっと遊びに来てください。それでは、失礼します」

それだけ言って、彼女は通話を切った。

教会の鐘が鳴る音が聞こえてきた。

寺田はチャペルの入り口を振り返った。午後の陽射しの中に、赤いバージンロードが浮かび上がり、その向こうを歩いてくるウエディングドレスの美しい花嫁が、彼の目には確かに見えた。

「間に合わなかったのですか、残念ですね？」と老神父が声をかけてきた。

寺田はバージンロードを見つめたまま答えた。

「いえ、ちゃんと間に合いました」

＊　＊　＊

本社で積み荷を下ろした後、寺田は近くの河原でポチと別れた。

「俺んちに来るか、ポチ？」と声をかけてみたが、ポチは寺田のまわりをぐるりと回ると、「ワン！」と吠えてから彼に背を向けて歩き出した。

「達者でな、バイバイ」

去っていくポチを見送りながら寺田は心の中で呟いた。

今日のことは絶対忘れねぇよ、ポチ。

それから、五反田にあるアパートまで自転車で帰宅した。ほとんど寝るためだけにある室内は、万年床のままだ。コンビニ弁当の空き箱や、ジュースの紙パック、ワンカップのガラス瓶などが、所狭しと散乱している。

「達也さんと一緒に生きてゆきます」と言った、恵美子の声を思い出すと、この部屋の光景が、ますます侘びしいものに思えた。

「少しは人間らしい暮らしをしてみるか」、と玄関のポストから引き抜いてきた新聞の束をテーブルに放った。その間から、封筒が落ちた。拾い上げると、恐ろしく汚い字で、〝寺田予吉様へ〃と書いてある。

「予じゃねぇよ、了だよ。誰だ？」と裏を返すと、差出人に〝谷原わたる〃とあった。

「谷やん？」

　封を切ってみると、中から数十枚の一万円札が出てきた。現金書留で送らないところが、谷やんらしいと思った。

「いつ出したんだ、これ？」

と消印を見ると、六日前のものだった。

札束の間に別の紙が挟まっていた。引っ張り出してみると、二つに折り畳んだ写真のようだった。

開いてみると、そこには谷やんが写っていた。どこかの店らしく、谷やんのまわりには、メキシカンハットを被ったり、ギターを抱えた外国人の男女が座っている。

その写真に、汚い字で走り書きがしてあった。

〃アンタから借りた金、全部じゃないが返す。いまごろ、きっとおれはメキシコの空の下だ。アディオス、アミーゴ。ケレ　バジャ　ビエン!!〃

寺田は、札束と写真を封筒に戻すと、テーブルの上にそっと置いた。

それから、〈すきま風〉を口ずさみながら、部屋の掃除をはじめた。

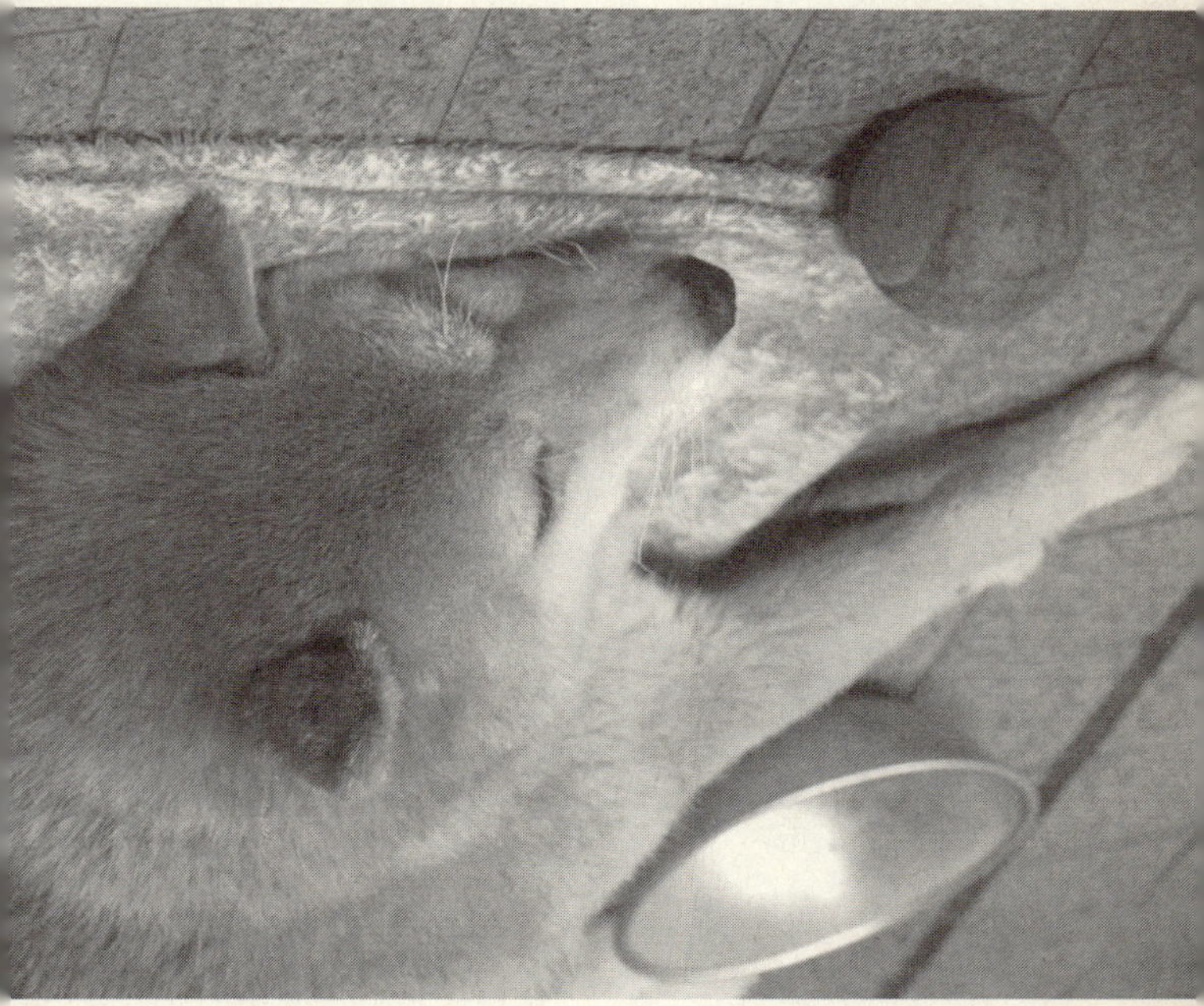

〈いいさそれでも　生きてさえいれば
いつかしあわせに　めぐりあえる
その朝おまえは　すべてを忘れ
熱い涙を　流せばいい〉

谷やん、メキシコの空はどんな色だい？

教会を出ると、テラダさんは、「もうちょっとばかし、つき合ってくれや」とボクに言った。

ボクはシッポを振って答えた。テラダさんのおかげで、ヤマダくんのいる東京に来れたんだ。そんなことぐらい、おやすいご用さ。

テラダさんは、トラックを〈カンダ　スポーツ〉って書いてあるお店の前にとめて、「ちょっと待っててくれ」と、おりていった。

しばらくすると、大きな紙袋を手に戻ってきた。

トラックの中で、ボクにその紙袋の中身を見せてくれた。マサルくんちで見た〈グローブ〉ってやつだった。テラダさんは、それを三つも買ってきていた。

「いいか、この青いのが、タツヤ。赤いのが、エミコさん。そんで、紫のが、俺のだ。子供が出来たら、もう一つ買わねぇとな。男の子でも、女の子でもいいや、キャッチボールくらい出来んだろ。いや、出来なきゃ俺がおしえる」

満足そうにグローブを見ていると思ったら、テラダさんの顔がちょっとくもった。

「カズヨを忘れてた……」

でも、テラダさんはすぐにまた、もとの笑顔に戻って、「アイツはいいや。学生の時から、俺の試合にも興味がなかったんだからよ」と言った。それからまた、テラダさんはトラックを走らせて、〈本社〉というところにやってきた。

積み荷を下ろし終えると、ボクのためにごはんを出してくれた。テラダさんはその食べ物のことを、〈ぶっかけごはん〉と呼んでいた。見た目はよくないけど、けっこうおいしかった。

それから、テラダさんと一緒に〈本社〉を出て、歩いていった。

近くの河原まで来ると、テラダさんは、「俺んちに来るか、ポチ？」と言ってくれた。

ボクもテラダさんのことは好きになっていたから、うれしかった。

でも、ボクが東京まできたのは、ヤマダくんに会うためだ。せっかくここまできたんだから、あきらめちゃいけないと思った。お別れはつらいけど、ボクはテラダさんに背を向けて歩き出した。

そういえば、テラダさんの友だちのタニやんという人は、変な人だったな。あの人には、ボクの言葉がわかるんだ。

ボクが、ヤマダくんに会うために東京に行く話をしたら、「その子が病気だったんなら、いいか、東京中の病院をまわれ。どっかにヤマダくんの匂いが残ってるはずだ」とおしえてくれた。

タニやんさんは、テラダさんと話した後、ボクに「がんばれよ！」と声をかけて、すっとどこかに消えてしまった。

でも、いいことをおしえてもらった。これから、ボクはこの東京にある〈病院〉を探して歩こう。きっと、そのどこかにヤマダくんがいるはずだ。

もう少しだ。きっと、ヤマダくんに会える！

第四章　おやすみ、ポチ

一

ヤダなァ、よりによってわたしの当直の日に、どうしてこういうことになるかな……。

懐中電灯を手に薄暗いリノリウムの廊下を駆けながら、茅ヶ崎梨香(ちがさきりか)はそう思った。

整形外科病棟のベッドから角田綾乃(つのだあやの)がいなくなったのに気づいたのは、二度目の巡視に向かった深夜十二時過ぎのことだった。九時の消灯には確かにベッドで寝ていたので、それ以降に部屋を出ていったことになる。

綾乃は三日後に手術を控えている。手術前の患者がナーバスになって、病院を抜け出したりするのはよくあることだ。彼女の行動に注意を払っていなかった自分の落ち度を、梨香は悔やんだ。しかし綾乃は、まだ十歳の女の子だ。ひとりで家に帰るようなことはない。だとすれば、この病院内のどこかにいるはずだ。

各階のトイレや洗面所を覗(のぞ)き、ほかの患者を起こさないように病室を見て回ったが、綾乃の姿はどこにもなかった。どうしたものかと、梨香は廊下で立ち尽くしてしまった。

こんなことが大山先輩の耳に入ったら、朝のショートカンファレンスでなにを言われるかわかんないよ。

大山先輩とは、先輩看護師の大山泰代(やすよ)のことだ。勤続十二年の彼女は、患者にも医師にも愛想がなく、己にも他人にも厳しい。もちろん、それに見合うだけの能力もある。ひとりの看護師がひとりの患者を入院から退院まで担当することをプライマリーナーシングというが、泰代は二十人からなる受け持ち患者の経過をすべて記憶し、適切な対処を行っていく。時には、新米医師よりも、彼女の見立ての方が正確なこともある。だからこそ彼女の言葉のひとつひとつが、グサリとこちらの心に突き刺さる。

たとえば、深夜勤でうっかり居眠りをしていたりすると、「居眠りの代償が、患者の生き死ににかかわることだってあるのよ」とか、患者の採血に手間取っていると、「あなた、仕立て屋？　ミシンじゃあるまいし、針を刺せばいいってもんじゃないの」とか、ボディブローのように絶妙なフレーズを繰り出してくる。まぁ、確かに悪いのは、こっちなのだが……。大山先輩なら、こんな場合なんと言うだろう？　「あなた、鳥目なの。

巡視も出来ないんなら、空でも飛んでなさい」、かな。

そんな呑気なことを考えている場合ではない、と梨香は気持ちを引きしめ直した。

もう一度、病室にいってみよう。もしかしたら、部屋に戻っているかもしれない。

梨香は綾乃のいた病室に戻って、他の患者を起こさないように窓辺にある綾乃のベッドのそばに立った。ベッドは相変わらず、空っぽだった。枕元のそばのカーテンが僅かに開いて、窓外から外灯の灯りが漏れ入っていた。さっきは気にもとめなかったが、恐らく綾乃が開けたのだろう。

外を覗くと、病院の中庭の黄色い芝生に、銀杏の葉が散って、黄色い濃淡のモザイクを描き出していた。建物に沿って、病棟と診療棟を繋ぐ連絡通路の屋根が見えた。その下で時折、ピンク色のものがちらちらと動いている。よく見ると、カーディガンを羽織った人の背中だった。その髪には、鈴の形をした髪どめがとめられている。それが綾乃の髪どめだと気づくのに、そう時間はかからなかった。

梨香は慌てて病室を駆け出していった。

診療棟に抜ける、一階の通路のドアを開けると、梨香は外に走り出た。その向こうに、カーディガンを羽織って座り込んだ小さな背中が見えた。

よかった、いた。

梨香は胸を撫(な)で下ろした。

緊張が解けると同時に、外の寒さが全身に突き刺さってきて、ブルッと身を震わせた。早く綾乃を連れて、病棟に戻ろう。

「綾乃ちゃん」と、ピンク色の背中にそっと声をかけた。

綾乃が振り返って、平然とした様子で梨香を見上げた。

「駄目だよ、こんな遅くに外に出ちゃ」と、梨香はやんわりと綾乃をたしなめた。

「梨香ちゃん、この子、怪我してるの」

そう言った綾乃が、そばに座りこんでいた毛むくじゃらの生き物の頭を撫でた。

犬だった。前脚と腹の間に、大切そうに汚れたボールを抱えて丸まっている。左の前脚に、乾いて黒ずんだ血がこびりついていた。

「眠れなくってね、窓の外を見てたら、この犬が足を引き摺りながら歩いてくるのが見えたの」

梨香が綾乃の横に屈みこんで、犬の怪我の様子を見た。犬の左前脚を、軽く持ち上げてみる。まだ痛いのだろう、犬は掠れた鳴き声をあげて、梨香に抗って前脚を引っ込めようとした。

「大丈夫だよ、傷を見てくれてるんだから」と、横から綾乃が犬を抱え込むようにして、その背中をさすった。

梨香は犬の前脚の傷を確かめると、その手を離してから綾乃に言う。

「どっかで引っかけたんだね。たぶん、バラ線とかを潜ろうとした時に出来た傷だと思うよ」

「手当してあげて」

「消毒薬と傷薬を取ってくるから、綾乃ちゃん、ここで少し待ってて」

そう言うと梨香は、急いで病棟に引き返していった。

「これでヨシ！」

犬の前脚に包帯を巻き終えると、梨香が言った。

薬を取りに病棟に戻った時に、カーディガンを羽織ってきたので、さっきよりは寒さもしのげて、心にゆとりも出来た。

「傷口も膿(う)んだりしてないから、じきによくなるよ」

「ありがと、梨香ちゃん」

綾乃が安心したように、笑みを浮かべた。

「それよか、綾乃ちゃん。勝手に外出たりしちゃ駄目だよ。みんな心配するからね。これからは、わたしか見回りの看護師さんに必ず声をかけてね」

「この子見てたら、うちのチャンプのこと思い出しちゃって、助けてあげなくちゃって……」

「チャンプって、綾乃ちゃんちの犬？」

「うん。でも、去年、車に撥(は)ねられて死んじゃった。この子によく似てたんだ」

犬は首輪をしていたが、たぶん、ずいぶん前のものだろう。布地が剝げて、ささくれだっている。恐らくは、飼い主のもとから逃げてきたか捨てられたかして、ずっと路頭に迷っているのだろうと思った。

「綾乃ちゃん、もうお部屋に帰ろう。風邪でもひいちゃったら、手術が出来なくなっちゃうからね」

「その方がいいな」と、綾乃が俯いて言った。「なんべんやっても、ちっともよくならない気がする」

綾乃の気持ちは、梨香にもよくわかった。整形外科の手術は骨をいじるため、ほかの手術よりも後の痛みが辛い。大の大人でも麻酔が切れると、大声で叫んでいる姿を見れば、子供にとってそれがどのくらい辛いことかも想像は出来る。綾乃の場合は、これが三度目の手術だ。彼女の病気は、遺伝子の突然変異で起こる病気だ。軟骨に成長障害が起こるのが特徴で、そのために手足が短くなったり、歪み（ゆが）が出たりする。綾乃の場合は足の歪みがひどく、手術を繰り返していた。

「先生、言ってたでしょ。今度でもう終わるよ、って」

「……うん」

梨香の言葉を聞いても、綾乃の不安は一向に晴れる様子はなかった。患者を励ますのは、看護師の大切な仕事のひとつだ。だが、無責任な慰めは、かえって患者を不安にさせる。医師でもない梨香が、あまり裏付けのないことを言うわけにはいかない。それでも梨香は精一杯の言葉を探して、綾乃を元気づけようとした。

「辛い思いをした分だけ、綾乃ちゃんはどんどん元気になっていくんだよ。きっと来年の綾乃ちゃんは、病院にいた時のことなんか忘れて、友だちと外を駆け回ってると思うな」

綾乃の差し出す手を、犬がペロペロとなめた。梨香にはそれが、綾乃を励ましてくれているように見えた。

「綾乃ちゃんの手術が終わった頃には、この子の傷もきっと治ってるよ。よくなって、また可愛がってあげなよ」

綾乃は犬に指先をなめられながら、心を奮い立たせるように、力強く頷(うなず)いてみせた。

「お部屋に戻ろう」と、梨香が綾乃の背中を抱いた。

「この子、見ててあげてね」

「わかった。ちゃんと見てるから」

そう答えると梨香は、綾乃と一緒に病棟の中に向かった。綾乃がもう一度、中庭を振り返って犬を見た。梨香も振り返ってみると、犬は体を丸めたまま、前脚に顎(あご)をのせて目を閉じていた。

梨香と綾乃は笑みを交わすと、病棟の中へと戻っていった。

綾乃を病室に連れ帰る時に、同僚の看護師に事情を説明せざるを得なかった。同僚は、「報告書には、書かない方がいいよ」と黙認してくれた。

しかし、そううまくは運ばなかった。各病室を走り回った梨香の慌てぶりは、他の科にも知れ渡っていて、明け方には彼女たちのナースステーションにも漏れ聞こえてきた。ショートカンファレンスの始まる頃には、その話はしっかりと泰代の耳にも届いていた。交代の看護師たちへの申し送りが終わった後、予想通り、泰代の冷たい視線が梨香に注がれた。

「結果的に何事もなかったとはいえ、角田綾乃さんの件はあなたの落ち度には違いありませんよ、茅ヶ崎さん」

泰代の細い目から発せられる〝お説教光線〟が、鋭く梨香に突き刺さる。

梨香は泰代の言葉を殊勝に受け止め、「はい」と頭を垂れた。

「あなたは鳥目ですか？」と、泰代が続ける。

ほら、きた。と、梨香は思いながら、泰代の言葉を待った。

泰代は逡巡し、絶妙なフレーズを思いついた時のいつもの仕種で、指先のボールペンをくるりと一回転させてからこう言った。

「巡視もまともに出来ないなら、電線にでもとまってなさい」

そう来たか。

気付いた時にはもう遅かった。梨香の口元は弛み、プッと噴き出していた。

予想外のリアクションに面食らった泰代は、細い目を最大限に開いてみせた。その顔がまた可笑しくて、梨香はとうとう笑い出してしまった。

それから三十分、泰代は患者のファイル整理をしながら、横に座らせた梨香に懇々とお説教を続けた。

泰代に解放されると、梨香は担当患者のファイルをチェックしはじめた。更衣室で着替えを終え、ようやく帰り支度を済ませた頃には、すでに午前十時を回っていた。勤務は午前八時半までだが、結局、いつもこの時間まででかかってしまう。マンションに帰れば、お風呂に入って、後は泥のように眠るだけだ。目が覚めれば、午後三時からの準夜勤のために、再び病院に舞い戻る。

梨香が看護学校を卒業して、K大付属病院に勤めはじめてから二年が過ぎた。こんな調子で、慌ただしく毎日が過ぎていく。正直、恋人を作る余裕もない。高校時代の恋人とは、実家の埼玉から、看護学校に通うために上京した時に別れた。その程度の愛情でしかなかったのだろう。それ以降は、恋人はいない。高校時代の友だちに誘われて、睡眠時間を削って、合コンにも顔を出してみた。しかしその後のデートのスケジュールが合わずに、それきりになってしまった。好きな相手が出来ても、本気で一緒にいる時間を作るなら、同棲(どうせい)でもするしかない。

だけど、梨香は今、大学受験のために上京して一浪中の弟と暮らしていた。彼が合格してくれるまでは、家にほかの人間を入れるような気分にはなれなかった。

病棟の裏口を出ると、昨夜と変わらぬ寒さが梨香の頰を打って、彼女はコートの襟を立てた。もうすぐ、冬がやってくる。今年のクリスマスもまた、ひとりで過ごすのだろうな、と思った。

診療棟の救急搬送口の前に、救急車が停車しているのが見えた。患者が運び込まれてきたところなのだろう。うちの科の患者だろうかと一瞬思いを巡らせてみたが、今は勤務時間外だ。それに梨香には他にも気がかりなことがある。綾乃との約束だ。

さてと、ワンちゃんの様子を見ておこうかな。

中庭の方に回っていくと、連絡通路の脇にあの犬が座りこんでいた。

「ワンちゃん、調子はどう？」

梨香の声に、犬が前脚にのせていた首をゆっくりと起こして、こちらを仰ぎ見た。舌を出して、ハァハァと息を吐いている。

「どっから来たのかな、きみは？」と犬の体をさすってやると、気持ちよさそうに目を閉じてみせた。どうやら、傷の痛みも和らいだようだ。

梨香は、肩から提げたトートバッグの中から、ビニールの包装に入ったアンパンを取り出した。さっき、病院の売店で買ってきたものだ。

「お腹、空いてるでしょ」

包装を破いて、アンパンを千切って摘むと、犬の口元に近づけた。犬はクンクンと匂いを嗅いでから、パクリとそれを口にくわえた。梨香がまたアンパンを千切って、犬に食べさせてやる。犬はアンパンを食べると、梨香の掌をペロペロとなめた。

「こら、くすぐったいよ」

診療棟のドアが開いて、看護士が病棟に向かって歩いてきた。梨香は軽く会釈をして、「お疲れさまです」と声をかけた。その看護師も、「お疲れさま」と返してから、病棟のドアを開けた。彼女と入れ違いに、病棟の廊下を別の看護師が洗濯物を入れるワゴンを押して通りかかった。

犬が突然、ガバッと体を起こした。梨香が止める間もなく、犬は通路を駆け出していった。開いていた病棟のドアから中へと滑り込んで、看護師が押していたワゴンに飛びついていく。悲鳴をあげた看護師が、ワゴンから後ずさった。

梨香が慌てて、犬に追いすがっていく。

「なにしてるの！　やめなさい!!」

梨香が犬を止めようと手を伸ばしたが、「ウ〜ッ」と唸る犬の迫力に気圧されて、身を引いてしまった。

犬はワゴンの中からシーツの端を口にくわえて、ぐいぐいと引き摺り出した。シーツの間から、プラスチックのプレートが滑り落ちた。たぶん、シーツ交換の時に退院した患者の名札が紛れ込んだのだ。プレートには、〝山田賢太郎〟と名前が書かれてあった。

梨香は犬がくわえているシーツの端を掴んで、引き戻そうとした。

「汚れたシーツなんか、どうするのよ。放しなさいったら！」

ワゴンを押していた看護師の悲鳴を聞きつけて、ほかの看護師たちが駆けつけてきた。男性の看護師が犬の後ろに回って、ガバッとその胴を抱えこんだ。

「おとなしくしろ!」

彼は犬を抱え上げると、足でドアを押し開けて、犬を外に放り出した。

「キャン!」と犬が鳴いて、左前脚を持ち上げながら、ヨタヨタと後ずさりした。きっと怪我をした脚に響いたのだ。

「投げることないじゃない!!」

梨香に怒鳴られて、男性の看護師はちょっと面食らった顔をした。善かれと思ってやったのに、なんで俺が怒られるのか、と思ったのだろう。

「なにをしてるんですか、茅ヶ崎さん!!」

聞き慣れた声に思わず梨香の体が硬直した。

集まってきた看護師の間から姿を現したのは、やはり泰代であった。

「わたしたちがお世話するのは人間の患者さんです。動物の面倒が見たければ、獣医にいきなさい!!」

泰代の怒鳴り声に、梨香は首をすくめた。

一日に二度も怒らせるなんて、最悪だ……。

梨香と脚を引き摺った犬が、中庭をとぼとぼと歩いていく。

「きみのせいで怒られたんだぞ、反省してよね」

犬の方もすっかり元気をなくしている様子だ。あんまり、責めるのも可哀そうな気がした。

犬はさっき座っていたところに戻ると、そこにあった薄汚れたボールを大切そうにくわえた。

救急搬送口から、搬送作業を終えた三人の救急隊員が出て来た。そのうちのひとりが、梨香に気づいて声をかけてきた。

「梨香ちゃん、今帰り？」

馴染み(なじ)の救急隊員の小原である。前に聞いた話では、学生時代はボクシング部の主将だったそうで、がっしりとした体格に太い首がのっている。体格の割に丸顔の童顔は、笑うとクシャッとなる。いつも緊張を強いられる場にいるからこそ、彼の笑顔は患者の不安をほぐすような暖かみがあった。

小原は梨香の横にいる犬に気づくと、「あれ、ポチじゃん！」と言った。

「知ってるの、この子のこと？」

「ボールに〝ポチ〟って書いてあるだろ。だから、みんなそう呼んでんだ」

そう言って、小原が犬のくわえたボールを指差す。

「コイツ、あっちこっちの病院に出没してるんだ。ってことは、今日運ばれた患者も助かるな」

「どうして?」と、梨香が聞く。

「ポチを見ると、その日の急患は必ず助かるっていうのが、俺たち救急隊員の間の噂なの。だから、ラッキーポチって呼ばれてんだ」

「じゃあ、ポチは幸運を運ぶ犬なんだ」

「大事にしてやった方がいいよ」

「おい、小原、行くぞ!」

先輩の救急隊員の加瀬が、車内から声をかけてきた。

小原は、「はい!」と答えて立ち去りかけたが、思い出したように振り返って、梨香のコートを指差して言う。

「それ、捨てた方がいいよ」

梨香が見ると、ポチを追いかけた時に慌てて押しこんだアンパンのビニールが、ポケットから飛び出していた。それをポケットに突っこみ直して、小原の方を見た。

救急車に乗りこんだ小原が、クシャッとした笑みで窓から手を振っていた。

二

綾乃の手術当日がやってきた。

手術の開始時刻は、午後二時からの予定だ。梨香は準夜勤の日で午後三時の出勤であったが、綾乃の手術のことが気になって、いつもより早く出勤してきた。制服に着替えると、綾乃のいる病室を覗いてみた。

綾乃の母親と祖母が、ベッドの横に座っていた。手術衣に着替えた綾乃の表情は、相変わらず不安げだ。

梨香に気づいて、綾乃が硬い表情のまま振り向いた。

梨香が、「お注射、もう終わった」と聞くと、綾乃はコクッと頷いた。

全身麻酔の筋肉注射は、何度経験しても痛いものだ。手術の第一関門というところだろうか。

綾乃はしっかりと母親の手を握りしめていた。母親が苦笑いを浮かべながら、梨香に言う。

「この子ね、次はいつ入院するの、って。今からそんなこと言うんですよ」

梨香が、綾乃の肩に手を添えて言った。

「絶対、大丈夫。綾乃ちゃんは、もうここには戻ってきたりしないよ」

「ホント？」と、綾乃が梨香の本心を探るように訊き返して来た。

「ホントだよ」

無責任なことを言っているな、とはわかっていた。それでも梨香は、今の綾乃の気持ちを少しでも楽にしてあげられるなら、後で恨まれたっていいと思った。

「梨香ちゃん、ポチは？」

「元気にしてるよ。最近はね、綾乃ちゃんのほかにもポチのこと可愛がってくれる患者さんが増えたの。だから、病院の方もポチが建物に入ったりしないなら、そのまま置いてあげてもいいって」

「よかった」

そうは言ったが、綾乃の表情は硬いままだ。

「ねぇ、梨香ちゃん、お願いしてもいい？」

「なぁに？」

「手術の前に、もう一度ポチに会いたいな」

「でも、もうすぐお迎えがきちゃうよ。今から外に出てる時間ないもん」

「……ダメ？」

綾乃は無理なお願いとわかっていて言っている。だからこそ、その願いが叶(かな)えば、手術もうまくいくと信じようとしている。梨香にもその気持ちはわかった。しかし、今からではどうしてやることも出来ない。

綾乃の母親が、「綾ちゃん、我がまま言わないの。手術が終われば、一杯会えるじゃない」となだめた。

綾乃はそれ以上、何も言わなかった。ただ淋(さび)しそうに、窓の外に目をやった。

泰代が、梨香と同期の看護師の木村と一緒に、病室に入ってきた。

「綾乃ちゃん、そろそろ時間よ」と、泰代が声をかけた。木村が手術用の担架を押しながら言う。

「大丈夫だよ、お姉ちゃんたちが、しっかり応援してるからね！」

ふたりの介添えで、綾乃は担架に移されていった。その間も綾乃は、母親の手を握りしめて離そうとはしなかった。

十歳の体が、全身で自分の運命を受け止めようと頑張っている。その姿を見ていたら、梨香の体は無意識に動いていた。泰代の目も気にせず、病室から駆け出すと、廊下を突っ切って、階段を一気に駆け下りていった。

一階まで下りて、リネン室に駆けこんだ。洗濯物を入れるワゴンを引っ張り出すと、その中に適当にシーツやタオルをぶちこんでいく。それから、ワゴンを押して、再び廊下を駆け抜けていった。

手術室に続く廊下にくると、丁度、綾乃を乗せた担架が運ばれてくるところだった。

梨香がワゴンを停めて、待ち受けた。

泰代が梨香を一瞥したが、また視線を戻して担架を押していく。

梨香がワゴンを並走させながら、上にのせてあったシーツを少し引き上げた。

その隙間から、濡れた黒い鼻が覗いた――ポチだった。ポチも息を潜めて、綾乃の方を見つめていた。

綾乃の表情に、初めて笑顔が戻った。それから彼女は梨香を見ると、口だけ動かして、「ありがとう」と言った。

梨香がグッと拳を握って、綾乃に応えた。ワゴンを停めて、綾乃の担架を見送った。

手術室に入る直前、泰代の声が梨香に向かって飛んできた。

「後でワゴン洗いなさいよ」

ばれていたか。

と梨香は反射的に直立して、「はい！」と答えた。

綾乃を乗せた担架は、手術室の自動ドアの向こうに消えていった。

梨香はポチに向かってウインクしてみせたが、ポチはもうワゴンの中で目を閉じて眠っていた。

＊　＊　＊

綾乃の術後の経過は、良好であった。足のギプスは二週間程で外れて、車椅子でリハビリ室に通うようになった。その頃には、梨香やほかの看護師に伴われて、中庭にも顔を出せるようになった。

ポチの脚の怪我もすっかり全快し、今では毎日、のんびりと中庭で寛いでいる。綾乃がくると、ポチはそばに寄ってきて、彼女の指先をペロペロとなめた。

担当医師の診断も、綾乃の手術は九割方は成功で、「根気良くリハビリを続ければ、恐らくはもう手術の必要はない」と言ってくれた。

綾乃のリハビリは順調に進み、十一月に入った頃には、松葉杖もなしで歩けるようになっていた。綾乃は中庭で、ポチのあの薄汚れたボールを使って、一緒に遊ぶまでに回復した。

そして、綾乃の退院の日がやってきた。

綾乃はこの日のために母親が買ってきてくれた新しい服に着替えると、父と母と祖母と一緒に、同室の患者さんたちに挨拶をして回った。

梨香や泰代、木村たち整形外科の看護師も見送りに集まっていた。綾乃は、そのひとりひとりと握手をしていった。最後に綾乃は、梨香の前に立って握手をした。

「梨香ちゃん、またお願いしてもいいかな？」

「うん？」

「ポチのことなんだけど」と、綾乃は切り出してから母親を見た。母親が綾乃に頷いてみせて、綾乃が続ける。「わたしのお家で、飼ってもいい？」

自分が結論を下す問題かどうか迷って、梨香が泰代の方を見た。

泰代が梨香に代わって、綾乃に答えてくれた。「いい引きとり手があるなら、いつでも連れてって欲しいって思っていたのよ」

綾乃が、両親と祖母と一緒に中庭にやってきた。その後から梨香がつき添ってきていた。

ポチは連絡通路の屋根に覆われた場所で、風を避けるように丸まっていた。

綾乃が近づくと、ポチが体を起こした。綾乃はポチの首輪に手をかけると、それを外してやった。

「今日はわたしも新しい服なの。ポチ、おまえにも新しい首輪をつけてあげるね」

綾乃が、手にしたビニール袋から新しい首輪をとり出して、代わりに古い首輪を中にしまう。それから、新しい首輪をポチの首にはめて調整してやった。

母親がそばに寄ってきて、ポチの首輪に紐（ひも）を繋（つな）いだ。

「さあ、おいで、ポチ」と、母親が紐を引いた。

ところが、ポチは足を踏んばって、その場を動こうとはしない。

「これからは、わたしたちと一緒に暮らすんだよ」

綾乃が呼びかけても、ポチは動こうとしなかった。

「いきなり紐をつけたから、嫌がってるのかな」と、綾乃は母親に「紐を外してもいい？」と聞いた。

母親が頷くと、綾乃はポチの首輪の紐を外して、「ほら、おいで」と手招きした。

それでも、ポチは動こうとはしなかった。

「もしかして、ポチはここにいたいんじゃないのかな？」

綾乃の父親がそう言った。「もしも綾乃が、本当にポチのことが好きなら、君が会いにきてあげなさい。今度は患者じゃなくって、ポチの友だちとしてね」

綾乃は父親の言葉に頷くと、名残惜しそうに、ポチを抱きしめた。

「きっと、会いにくるからね」

ポチはまた、綾乃の指先をペロペロとなめた。

梨香はその様子を見つめながら思った。このお父さんとお母さんがいれば、綾乃ちゃんはきっと強く生きていける。

綾乃たちの乗る車が病院の正面玄関から走り去って、見送っていた梨香とポチが残された。

「どうして一緒にいかなかったの？」

梨香がポチに語りかけた。

「もしかしてきみ、ここで誰かを待っているの?」

ポチはなにを考えているのか、また中庭の方へと歩き去ってしまった。

* * *

それから、二年の歳月が過ぎて、また冬が巡ってきた。

今でもポチは、K大付属病院の中庭で暮らしていた。

ポチはすっかりこの病院のマスコットと化していて、いつの間にか、患者の間では「ポチの頭を撫でると、病気が早く治る」などという噂が飛び交うようになっていた。

ポチの前には、ひっきりなしに患者が訪れ、ポチの頭を撫でては食べ物を置いていった。

そんな時ポチの食べ残しを片づけるのは、梨香の役割になっていた。

梨香がポチの食べ残しを片づけていると、小原が顔を出した。

患者を搬送してきた帰りのようだ。

「元気そうだね、K大付属病院の守り神は！」と、小原はポチの頭をグリグリと撫でた。

「今日の患者さんも、思った程の怪我じゃなさそうだ。やっぱ、コイツのご利益かな」

「すっかり、この病院が気に入っちゃったみたい」

「そうだ、梨香ちゃん」と、小原がポチを撫でながら、梨香に切り出した。

「クリスマスって、出勤だったりする？」

「まだ、決めてないけど。どうして？」と、梨香が訊き返した。

「なんとか少年合唱団っていうのが来日してさ、クリスマスにコンサートやるらしいんだ」

「あ、それ知ってる！」

それなら話が早い、と言うように、小原がポチから手を離して梨香の方に向き直った。

「うちの消防署のイベント仕切ってる会社が、チケットをくれたんだ。興味あったりする？」

「それって、誘ってくれてる？」

「でも、やっぱあれか、クリスマスは彼氏とかと、ゆっくり過ごすのかな」

言い出しておいて、小原は急に逃げ腰になった。大きな背中を丸めてしどろもどろになっている姿が、梨香には可笑しかった。きっと小原は、この話をするためにわざわざ立ち寄ったのだ。梨香にもそのくらいのことはわかった。

「お気遣いどうも。生憎(あいにく)、そんな人はいません」

梨香が冗談っぽく返すと、小原はあのクシャッとした笑顔になって言った。

「じゃあ、一緒にいかない？」

梨香が笑顔で頷(うなず)いた。

「詳しいことは、また連絡するから」と言い残して、小原は救急車に乗りこんでいった。

救急車を見送りながら、梨香がポチに声をかけた。

「誘われちゃったよ、ポチくん。これって、デートだよね？」

気がつけばポチは、銀杏の木の根元で右脚を上げてオシッコをしていた。

三

朝からずっと、生欠伸(なまあくび)が止まらない。

さっきから梨香は、俯(うつむ)き加減にファイルで口元を隠して、なんとかやり過ごしていた。

昨日は、大口を開けているところを、泰代に目撃されて睨(にら)まれた。気づかれればまた、嫌みのひとつも言われるに決まっている。

大学模試を控えた弟が、その追い込みで、昼夜、寝る間を惜しんで、机に向かっている。何日かおきに、倒れるように寝込んで、とんでもない時間にまた目を覚ます。それが梨香の生活サイクルとまるで嚙(か)み合わない。

「規則正しい時間に、勉強しなさい」と、弟に注意してみたが、ひとつこ

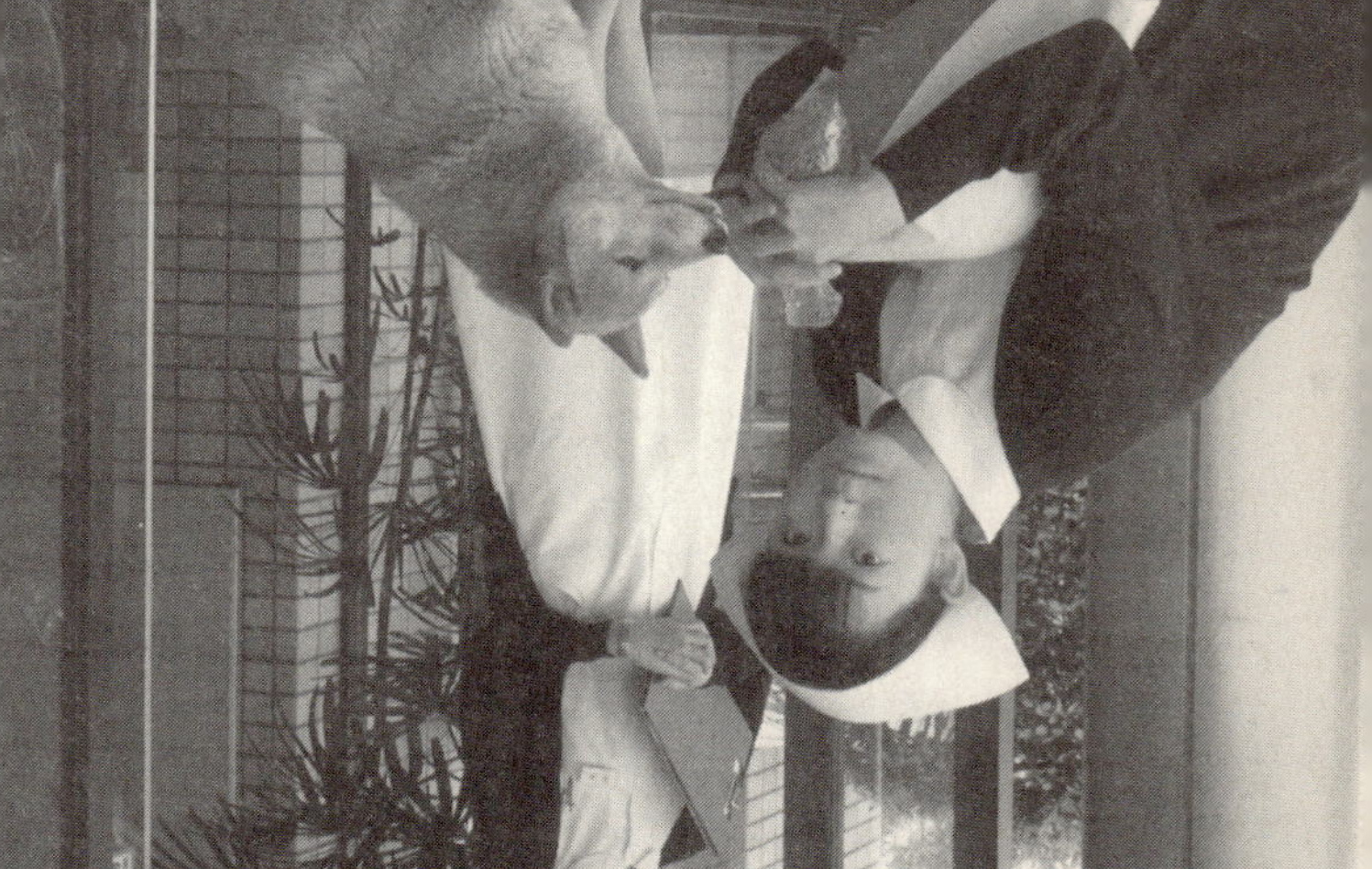

とに集中するとほかに目がいかなくなるのは、梨香も含めて我が家の血筋らしい。弟はまるで聞く耳を持たなかった。寝つけない毎日が続いていた。

ナース・ステーションで、患者のファイルをチェックしながら、注射と点滴のミキシングを終えると、それを自分のワゴンにのせていく。担当患者の処置のために、これから巡回に向かうのだ。隣では同僚の木村が同じ作業を行っている。

「いよいよ、明日じゃん。頑張んなよ、梨香」と、木村が梨香の耳元で囁く。

「頑張るって、なにをさ?」

「小原さんのこと。ちゃんとモノにしなよ」

「気が早過ぎるよ。仕事では会ってるけど、実際は小原さんのこと、ぜんぜん知らないんだから」

「そんなこと言ってると、せっかくのチャンスが逃げちゃうよ。クリスマスにドキドキするのなんて、あたしゃ、ここ何年もありませんよ」

木村が羨ましそうに言った。

木村は恋人と同棲して三年目になる。明日のことを相談したら、梨香に仕事が回らないようにと、率先してクリスマス勤務を引き受けてくれたのだ。

「誰か、ちょっと手を貸して！」

と別の看護師が慌ただしく駆けこんできた。

「四号室の田辺さん、階段から足滑らしちゃったの！」

田辺さんとは、百キロを超える巨体で有名な患者さんだ。女ひとりでは、どうにも手に負えない。

それを聞いた泰代が、深夜勤の残務処理で残っていたふたりの看護師に声をかけて席を立った。

呼びにきた看護師が先頭に立っていこうとして、梨香と木村のワゴンにぶつかってしまった。その勢いで、ワゴンの上の注射器や点滴のパックが床に飛び散った。泰代たちがその間をすり抜けて、廊下に駆け出していく。

申し訳なさそうに立ち止まっていた看護師に、梨香が、「いいから、早く行って」と促した。

この程度のトラブルはよくあることだ。さして慌てることもなく、梨香は木村と一緒に床に散乱した物を拾い集めた。

* * *

赤と緑のモールや、雪だるまやサンタの形をしたプレートが、いつもの白一色の病室に彩りを添えていた。退屈な入院生活の中で、少しでも患者の気持ちが和めばと、今朝のうちに梨香たちが飾りつけをしたのだ。

患者の中には、見舞い客の差し入れで、ベッドサイドにミニツリーを置いている人もいた。

「梨香ちゃん、明日は彼氏とデートかい？」と、六十過ぎの男性患者が、梨香に訊いてきた。

「デートなんて、ここ何年もしてませんよ」

梨香が軽く受け流しながら、その患者の脈拍をとっていく。

「駄目だよ、若いのにそんなんじゃ。俺なんか、アンタの頃にはね、二、三人かけ持ちで相手をしたもんだよ」

「それは女の敵ですよ！」

そんなことを言い合って、梨香は患者とふたりで笑った。

窓の外に目をやると、ハラハラと白いものが、舞い降りてきていた。

「あ、雪」

「明日は、ホワイト・クリスマスだね」と、患者が言った。

梨香にとっては、久々に弟以外の男性と過ごす日だ。今夜ばかりは、弟を無理矢理にでも寝かしつけよう。明日、ボロボロの肌で小原に会うのは、気が引ける。

最後の患者さんの前にきて、梨香は無くなりかけていた点滴のパックを外して、ワゴンにひとつだけ残っていた新しい点滴とつけ替えた。

この前、新しい服を買いにいったのはいつだっただろうか、と考えてみた。

今日の仕事が終わったら、街に買い物に出かけてみよう。

バタバタとゴムサンダルを踏み鳴らす音がして、病室に木村が駆けこんできた。手には点滴のパックを持っている。木村は梨香のそばに駆け寄ると、彼女の耳元で囁(ささや)いた。

「これ、そっちの点滴よ!」

梨香の身体からさっと血の気が失せた。きっとワゴンから飛び散った時に、木村のものと間違えて拾ってしまったのだ。今までは患者の認識プレートを確認しながらつけ替えていた。とすれば、目の前にかかっている点滴のパックが間違っていることになる。最後のひとつだと思って、当然のようにつけ替えてしまった。輸液はまだチューブの中を流れている最中で、患者の体内には入っていなかった。

梨香が慌てて、チューブごと点滴を外して、木村が持ってきたパックと取り替えた。しかし、いくら平静を装ってみても、梨香と木村のただならぬ様子は、患者本人にも伝わっていた。間違えられた患者は、激しい勢いで梨香を罵った。

「アンタ、点滴間違えたのか。だったら、ハッキリ言えよ！　ここの病院じゃ、医療ミスを誤魔化すつもりか!!」

梨香と木村はひたすら頭を下げ続けた。病室内から、クリスマスの和やかなムードは、一気に吹き飛んでいた。

騒ぎを聞きつけて、すぐに泰代が飛んできた。患者には、「微量では、体に影響はない」旨を伝えた上で、それでもこちらのチェックを怠った過失であることを詫びた。「今後、このようなことが二度と起きないよう、彼女たちの問題だけではなく、わたしたちも十分に注意を払っていきます」と、泰代は深々と頭を下げた。

梨香はただ、俯いたまま立ち尽くしていた。

＊　＊　＊

夕方になって、梨香はインシデント・レポートを書き込んでいた。病院内で起こったトラブルは、すべてこのレポートに記録されていく。医療ミスを避けるための病院の義務である。梨香のミスもこうして記録に残されていく。大事には、至らなかった。しかし、今日の自分の精神状態からすれば、むしろ無事に済んだ方が奇跡だったのかもしれない、と梨香は思った。

睡眠不足のせいなのか、小原とのデートに浮かれていたせいなのか、あるいはルーティン・ワークに慣れ過ぎたせいなのか、いずれにせよ、命の現場に携わる者としてあってはならない気の弛(ゆる)みであった。

幼い頃から、準看護師として働く母親の姿を見て育ってきた。看護師になったのも、正義感や使命感ではなく、なんとなく知っている職業というだけであった。実際に仕事に就いてみて、母がどんな思いで家庭と病院の仕事を両立してきたかを知った。梨香が病院に入って改めて学んだことは、「人は簡単に死ぬ」ということだ。だからこそ、いい加減な気持ちで仕事を続けてはいけないのだ。この先なん年、自分はそんな重荷を背負っていけるのだろうか？

木村が後ろからやってきて、梨香の肩を揉(も)んだ。

「忘れなよ、梨香。今日は早く寝ちゃってさ、気分を変えて、明日に備えなくちゃ。お楽しみはこれからでしょ」

デスクで仕事をしている泰代に聞かれないように、木村が梨香を励ました。

「明日、やっぱりわたしが出るよ」と、梨香が切り出した。

木村が、「バカ言ってんじゃないわよ、アンタ」と言う。「今さら、なんでやめるのよ」

「そういう気分になれない」

「デートをやめれば、失敗がなかったことにでもなると思ってんの？」

「そうじゃない。でもね、たぶん小原さんに会っても、わたし、ずっとこんな気分のままだと思う」

「そんなの、いってみなけりゃわかんないでしょ！」

とうとう木村が、声を荒らげて言った。

「小原さんには、ちゃんと謝ろうと思ってる。今度、食事にでも誘うつもり。だから、明日はやっぱり行かない」

梨香の頑な表情を見て、木村もそれ以上はなにも言わなかった。

人の忠告を素直に聞けない。やはり、これは血筋なのだな、と梨香は心の中で自嘲してみた。

勤務時間が明けると、携帯電話で小原に電話をかけた。

「明日、急に仕事が入っちゃったんです」

小原は残念そうな声で、「じゃあ、こっちは無理だな」と答えた。

「今度、一緒に食事に行きましょう。お詫びにわたしがごちそうします」

「了解。絶対だぜ」

小原は、明るい声でそう言ってくれた。

帰り支度を済ませると、梨香は中庭に出た。芝生には雪が降り積もり始めていた。ポチが、いつもの連絡通路の屋根の下に陣どっていた。その体に毛布がかけられている。患者さんの誰かが、ポチのことを気遣ってくれたのだろう。

それを見た梨香は、診療棟にいって、大きな段ボール箱を抱えて戻ってきた。

「この中だったら、少しはあったかいでしょ」

と段ボールの一辺を切ると、それを逆さにしてポチの上に被(かぶ)せてやった。

ポチは寒さのせいか緩慢な動きで、舌をハァハァと垂らしてみせた。

四

各病室の消灯を終えると、梨香はナースステーションへと戻った。

テレビからは、人気ミュージシャンたちが唄(うた)うクリスマス・メドレーが流れていた。

今日は十二月二十五日、クリスマスである。

同じく深夜勤に入っていた泰代が窓の外を覗いて、雪の積もり具合を見ている。

くるくると、手にしたボールペンを回しながら泰代が言う。「世間にとってはロマンチックな夜だけど、わたしたちにとっては不吉な兆しね」

確かにその通りだ。雪が降れば路面が凍結する。ましてや、今日はクリスマスだ。酔っ払いが道で滑って頭を打つこともある。羽目を外して、車を飛ばして事故を起こす者もいる。寒さのせいで、凍死しかけるホームレスもいる。病院にとっては、病気のバーゲン・セールみたいなものだ。

テレビの音量が気になったようで、泰代はボリュームを下げに立った。

「今日はきっと忙しくなるわ」

「はい」と、梨香も気を引きしめた。

いつもと変わらず厳しい様子の泰代を見ていたら、こんなことを訊いてみたくなった。

「大山先輩は、クリスマスってどう過ごしてるんですか？」

「わたしのクリスマスの過ごし方なんか、本当に興味があるの？」

泰代がまた、鋭い視線でこちらを見てきた。

「無理にはお聞きしません」

「そぉ」と、泰代は答えて、それきりデスクのファイルに視線を落としてしまった。

小原はちゃんとコンサートにつき合ってくれる相手を見つけただろうか？

梨香はふと、そんなことを考えてみた。

「クリスマスはいつも、実家のそばの教会に行くわ」

泰代が口を開いた。

「子供の頃からの友だちと一緒に賛美歌を唄うの。その後、みんなで赤ワインを飲む。みんなの笑い声を聞いていると、この一年を生きてきたんだなって思う。それから病院で出会った人のことを思い出す。元気に帰っていった人、二度と戻らない人、忘れないようにしようって」

少し感傷的なことを語り過ぎたか、と泰代は窓の外に目を向けた。中庭を見下ろして、ポチの入っている段ボール箱に気づいたらしく、「こう寒いと、あの犬も大変ね。手が空いたら、様子でも見てあげなさい」と言った。

その時だった。ナースステーションのエマージェンシー・コールが鳴り響き、急患を知らせるランプが点滅しはじめた。

＊　＊　＊

泰代と梨香は、すぐに救急搬送口に駆けつけた。巡視に回っていた看護師もポケベルで知らせを受けて、すぐに追いついてきた。

搬送口の外には、救急車が到着していた。救急隊員たちが急患を乗せた担架を運び出してくる。血まみれの患者は意識が混濁しているらしく、ぐったりとしている。口には酸素吸入器があてがわれていた。

搬送口の前に、ポチが駆けつけて、けたたましく吠えたてていた。

「うるさい、ポチ!!」

梨香が叱っても、ポチは吠え続けていた。

今はポチにかまっている暇などない。担架を運び入れる救急隊員たちに付き添って、梨香たちも処置室へと続く廊下を急いだ。

担架を運んでいたのは、小原の先輩の加瀬であった。やはり、小原は休みのようだ。

「患者、男性。両足、腰、共に開放骨折。六丁目の交差点を渡っていたところ、酔っ払い運転で突っこんできた車に撥ねられたらしい」

加瀬が報告書を泰代に渡しながら、てきぱきと状況を伝えていく。

それから加瀬は、ちょっと言い淀んだように躊躇ってから、梨香の顔を見て言葉を続けた。「梨香ちゃん、小原だ」

加瀬の言葉に耳を疑った。今、目の前で血まみれになっている患者が小原だというのか。

もうひとりの救急隊員が、手に抱えていたグチャグチャの紙箱を梨香に手渡した。赤と緑のストライプのその箱は、血で赤く染まっていた。中には、見るも無惨なクリスマス・ケーキの残骸（ざんがい）があった。ケーキのスポンジとクリームにめりこむように、一枚のカードが添えられていた。

梨香がそれを取り出して見た。

〝メリークリスマス　梨香ちゃん。みんなと一緒に食べてください。今度はきっと食事に行こうね!!〟

腰の力が急に抜けて、梨香はその場にしゃがみこんでしまった。

小原さんは、このケーキを病院に届けようとして、事故に遭ったのだ！　わたしのせいだ。わたしが今日、小原さんの誘いを断っていなければ、彼が病院にくることもなかった。そうすれば事故にも遭わずに済んだのだ。

梨香の頬を誰かの手が打った。

火照（ほて）った頬を押さえて、我に返った梨香は、自分を叩いた相手を見た。

――泰代であった。

「出来る？　出来ない？　患者はあなたを待ってくれないのよ!!」

担架はすでに、処置室に運びこまれた後だった。

処置室の方を見つめた梨香は、覚悟を決めたように、泰代の顔を見返し、「できます！」と答えていた。

助けなければいけない。絶対に小原さんを死なせてはいけないんだ。

泰代に続いて、梨香は処置室へと向かった。

＊　＊　＊

朝になると、雪は降り止んでいたが、あたりはすっかり銀世界の装いになっていた。

朝焼けの光が中庭に降り積もった雪に反射して、レフ板のように照り返

している。

その光が、病棟の窓から室内に射しこんできて、ベッドサイドの椅子で眠っていた梨香の顔を照らした。

梨香が目を覚ました。

ベッドを見ると、酸素吸入器をつけられた状態の小原が寝かされていた。身体には、心電図が取りつけられている。心拍数は規則正しく波を描いていた。

大丈夫だ、ちゃんと生きている。

窓から射しこむ陽射しが次第に強まり、小原の顔を照らしていく。小原の瞼が微かに動いたかと思うと、ゆっくりと目を開けた。

その顔を、梨香が覗きこんだ。

「気がついた？」

小原は視線だけを動かして、今の状況を把握しようとしていた。

「助かったんだよ、小原さん」

小原がなにか言いたげに見えたので、梨香は酸素吸入器を少しずらしてやった。

「ずっと、いてくれたんだ？」

小原の問いに、梨香が涙を浮かべながら頷いた。

「ポチは、まだこの病院にいる？」

「いるよ」

それを聞いて小原が、クシャッとした笑顔を見せた。「だったら、大丈夫。アイツ、ラッキーポチだから」

余裕を見せようとしたものの、やはり痛みが強いのだろう。すぐに顔を歪めた。

「無理しないで、ゆっくり治そう。治ったら、一緒に食事にいこうよ」

梨香が小原の手をそっと握ってやった。小原も梨香の手を握り返してきた。小原の握り返す力は弱々しかったが、その掌（てのひら）はとても温かかった。

*　　*　　*

小原を寝かすと、梨香は中庭へとやってきた。ポチに謝りたかったのだ。救急車が到着した時、ポチがあんなに吠（ほ）えたのは、きっと担架に乗せられているのが小原だということを、梨香に知らせようとしていたのだ。段ボールの中を覗くと、毛布だけが残されていて、ポチの姿はなかった。まさか、わたしが怒ったからどこかにいってしまったんだろうか？

梨香はポチの名前を呼びながら、あたりを見まわしてみた。梨香の声が診療棟と病棟の壁に反響して、中庭に響き渡った。

しかし、ポチの吠える声も返ってこなければ、近づいてくる気配もなかった。

中庭の真ん中を見ると、こんもりと盛り上がった雪の小山があった。何かが埋まっているのだろう、と思うと、急に胸騒ぎがした。

雪の小山の前に駆け寄ると、梨香はそれをかき分けていった。凍りついた雪の固まりが指先にじんじんとしみた。やがて、梨香の指先がごわごわとした毛の感触を探り当てた。さらに雪をかき分けていくと、やはりそれは獣の毛であった。もどかしくなって、腕で雪を払いのけた。

そこには、ポチの冷たい体があった。

ポチは目を閉じて、まるで眠るように体を丸めていた。その前脚と腹の間には、いつものあの薄汚れたボールが抱えこまれていた。

昨夜は小原の手術にかかりきりで、梨香はポチの様子を見にくることが出来なかった。連日の寒さで、ポチの体は弱っていたのだろう。段ボールの中にいれば、まだ寒さをしのげたものの、なぜポチは降りしきる雪の中に踏み出したのだろうか。今さら考えても仕方のないことだが、それが悔やまれてならなかった。せめて、もう少し待っていてくれれば、泰代に怒られてもかまわない、病院の中に連れていってあげたのに。

「ごめんね、ポチ」

小原が助かったのは、この子が身代わりになってくれたからなのかもしれない。人間の身勝手な解釈に過ぎないけど。それでも、梨香はポチの死んだ意味が欲しかった。死に特別な意味などないということは、毎日の仕事でよくわかっている。しかし、誰かの死に意味を見出して心に刻み付けるということは、生きているものに、ただひとつ許された我がままなのではないだろうか。

ポチはここで誰かを待っているのではないか。以前、梨香はそう思ったことがある。もしそうだったなら、ポチはその願いをかなえることが出来たのだろうか？「ポチ、おまえは幸せだったの？」

梨香の目から自然と涙が溢（あふ）れて、ポチの冷たい体の上に落ちた。

「死んじゃったのね、ワンちゃん」

その声に振り返ると、泰代が立っていた。

「泣いたら、すぐにまた元気になりなさい。看護師っていうのは、そういう仕事なのよ」

泰代の言う通りだと思った。梨香はこれからも、たくさんの患者と出会い、別れていくのだ。

中庭の隅に、ポチのお墓を作ろう。きっと大山先輩も許してくれるだろう。

だって、ここはわたしの大切な職場なんだから。

もう少し頑張ってみようか、と梨香は思った。

それから梨香は、心の中でポチにお別れを言った。

おやすみ、ポチ。

いま、ボクはどこにいるんだろう？

さっきまではとっても寒かったのに、いまはなにも感じない。いや、前よりポカポカとあったかい気がする。まわりはすごく明るいから、きっともう朝になったんだろう。

昨日の夜、ボクはリカちゃんが置いてくれた段ボールの中で眠っていた。外には真っ白くて冷たいものが、いっぱいつもっていた。〈病院〉の人たちは〈雪〉って呼んでいた。

なんだかカラダがすごく重たくて、動きたくなかった。

いつものように、病院にやってくる〈救急車〉の音がした。ヤマダくんを連れていったのも、あのクルマだ。それにこの〈病院〉では、ヤマダくんの匂いも嗅ぎあてた。だから、ボクは〈救急車〉がくると、ヤマダくんがいないかいつも見にいくことにしていた。

ヤマダくんの匂いはしないだろうかと、鼻をくんくんさせて嗅(か)いでみた。違ったけど、知っている匂いがした。リカちゃんと話していた、あの男の人の匂いだ。

リカちゃんにすぐ知らせてあげなくちゃと思ったら、リカちゃんがやってきた。

ボクは一生懸命おしえようとしたけど、リカちゃんはなんだか怒っていた。

リカちゃんにあの人が運ばれていった後、ボクはまた段ボールの中に戻っていった。ちょっと動いただけなのに、すごくつかれていた。

もう一度、眠ろう。明日になったらきっと、リカちゃんの機嫌も直っているだろう。

〈病院〉の中からは、楽しげな音が聞こえてきている。なんだかとても幸せそうな音で、少しはこのさむさを忘れさせてくれた。それを聞きながら、ボクはうとうとと目を閉じた。

気が付くとボクはこの場所にいた。誰かに運ばれたんだろうか？

あの真っ白いものは、もうどこにもなかった。

「ポチ」と、ボクを呼ぶ声がした。

誰かが遠くでボクを手招きしていた。

ボクがそっちの方に歩いていくと、ぼんやりとしていた人の形がはっきりとしてきた。

ヤマダくんだった。匂いもなにも感じないのが不思議だった。

でも、そんなことはどうでもよかった。だってやっと会えたんだから。

「おまえ、どこにいたんだ？」

ヤマダくんが訊いてきた。

ずっとヤマダくんを探してたんだよ。

「大変だったろう。よくがんばったね」

ヤマダくんはボクを強くだきしめてくれた。

いつの間にか、まわりにはミハルさんやマサオさん、それにテラダさんやタニやんさんがいた。リカちゃんもアヤノちゃんもいる。その向こうには、マサルくんとお父さんとお母さんも立っていた。

みんなが笑顔で、ボクとヤマダくんを見ていた。

ありがとう、みんな。

ヤマダくん、ここはどこ？

「ここはね、おまえの心の中だよ」

ボクの心の中？

「生き物にはみんな心があるんだ。そこはあたたかかったり、さむかったりいろいろだけど、その生き物がどんなふうに生きてきたかで変わるんだよ。でも、ポチの心はとっても居心地がいいから、みんながここに集まってきたんだ」

みんなずっと、ここにいてくれるの？

「ああ。でも、もうひとりの僕たちは、また別の場所で生きていく。そうして、どんどん年を取って、やがて僕たちも自分の心の中に帰っていくんだ。もしポチが、もうひとりの僕たちに会いたくなったら、心の中で『会いたい』って願ってごらん。ポチはいつでもそこにいけるよ」

ヤマダくんの話はむずかしくてよくわからなかった。だけどみんなの笑顔を見ていたら、そんなことはどうでもよくなっていた。

ボクはヤマダくんに体をすり寄せていった。ヤマダくんの胸の中はとってもあたたかかった。

もう少し、眠ろう。目が覚めたら、また一緒に遊ぼうね、ヤマダくん。

「おやすみ、ポチ」と、ヤマダくんが言った。

ボクはヤマダくんの腕の中で、ゆっくりと目を閉じた。

第五章　おかえり、ヤマダくん

一

建てつけの悪い雨戸を、昔のように足で少し持ち上げながら、思いきって横に引いた。長いこと閉め切っていたせいで、黴臭い空気が充満していた室内に、うららかな春の風が流れこんできた。

光が射しこんだ室内に目をやれば、八畳と六畳の部屋と玄関のそばの台所が、一目で見渡せた。家財道具はすべて運び出された後で、長いこと日に焼けて色あせた畳だけがさらされている。主を失った家は、まるで棺のようだ。

山田賢太郎は持ってきたスポーツバッグの中から、一日分の衣服と寝袋をとり出した。ガス、水道、電気も止められていて、現代人が生活する環境ではない。今日一日だけ、無理を言って泊まらせてもらうことにしたのだ。

賢太郎のおばあちゃんが六十年以上の年月を過ごしたこの家は、明日、解体業者によってとり壊される。

この家でおばあちゃんと過ごしていた頃、十歳だった賢太郎も、今では二十七歳になっていた。

おばあちゃんが東京にあるK大付属病院で肺ガンで亡くなったのは、十日前のことだった。最初に胃にガンの病巣が発見されたのは、もう四年も前になる。その時の手術で胃の三分の一を切除してから、おばあちゃんはめっきり弱ってしまった。「一生暮らす」と言い続けたこの家を離れて、賢太郎の父の兄である伯父（おじ）の家に住むことにしたのも、万事においてけじめのある暮らしを送ってきた彼女が、自分で身の回りのことを出来ない状態だと悟ったからだろう。

胃を切除したにもかかわらず、一年前には肺への転移が確認された。医師も、「手の施しようがない」と言い切った。おばあちゃんは覚悟が出来ていたようで、「本当に起き上がれなくなるぎりぎりまでは、息子の家で暮らしたい」と入院を拒み続けた。

おばあちゃんが入院してからは、賢太郎は仕事の合間を縫っては病室に足繁く通った。なにをしてやれるわけでもない。ただ、おばあちゃんの語る世間話に耳を傾けてやるだけだった。それでも賢太郎は、少しでもおばあちゃんのそばにいてやりたかった。

それが、賢太郎に出来るささやかな恩返しのつもりだった。

最後の瞬間、おばあちゃんは賢太郎の手を握ってこう言った。

「こうして、元気に生きているあんたに看取って貰えるのは、本当に本望だよ」

おばあちゃんの死後、この家は賢太郎の父やその兄弟たちによって売却された。最後にもう一度だけ、この家を見ておきたいと思って賢太郎はここにやってきたのだ。

しかし、本当のところそれだけが動機ではない。ここにきたのは、仕事を休む口実でもあった。そうでもなければ、有給休暇まで消化して二週間も休みを取ったりはしない。要は、今の生活から逃げ出したかったのだ。

縁側から足を投げ出して、庭先を眺めてみた。あの頃は確か、蜜柑の木が植えてあったはずだ。賢太郎はその木になった果実を食べたことはない。その前に救急車で運ばれてしまって、そのまま東京に戻ってしまったのだから。その庭も今では丸裸だ。

ここでおばあちゃんと暮らしていた時は、自分が大人になれるなんて思ってもみなかった。気付けば、あれから十七年も生きてきた。実際生きてみると、人生は面倒なことだらけだ。賢太郎はそう思った。時計を見ると、まだ午後一時を過ぎたばかりだ。夜までは、たっぷりと時間がある。

少し町を歩いてみたくなった。

* * *

当時通っていた、小学校までの通学路をぶらぶらと歩いていく。小学校の校門の前に着くと、そこから校舎を眺めてみた。建物自体は当時と変わらないように見えたが、その壁には〈卒業制作〉と書き添えられた巨大な壁画が描かれていた。〈世界平和〉と大きなタイトルが書かれたその絵は、地球の上にさまざまな国の人々が立って手を繋いでいるものだった。繋がれた手の輪はあるところで宇宙に伸びて、円盤に乗った人々と繋がっていた。卒業年度を確認すると、丁度、賢太郎が六年生になった時の生徒たちのものだった。自分も最後までこの学校に通っていたなら、一緒にこの絵を描いていたのだろう、と思った。

あの頃の自分は友だちを作らないようにしていたから、今思い返しても、この町に親しい仲間などいない。いや、ただひとり、学校以外でよく言葉を交わしていた生徒がいた。ふたつ隣のクラスにいた女の子、元橋香織だ。笑うと頬にえくぼが出来た気がする。香織の家は、〈モトハシ　ベーカリー〉というパン屋を営んでいた。

〈モトハシベーカリー〉は、賢太郎が下校後の大半の時間を過ごした空き地の目の前にあった。

＊　＊　＊

その空き地は、大型スーパーに変貌(へんぼう)を遂げていた。

賢太郎がよく遊んでいた土管のあたりには、駐車場が広がっていて、警備員が車輛(しゃりょう)の整理をおこなっていた。

そこから見る風景も、ずいぶんと変わっていて、一面平地だったはずの場所は、そこかしこに立ち並ぶビルや団地に囲まれていた。

なぜだかふいに、賢太郎は胸を締めつけられるような感覚を覚えた。

なにかを忘れている気がする。大切ななにかを。しかしそれがなんなのかは、まるで思い出せなかった。

スーパーの向かいを見ると、今でもまだ〈モトハシ　ベーカリー〉の看板のかかった店がそこにあった。おもちゃの家のようだった店は、大分落ち着いた色合いの木目を活かした建物に変わっていた。パンを販売するコーナーの横には、いくつかのテーブルが置かれて喫茶スペースが設けられていた。店の前には、それだけがあの頃と同じように、植木鉢に入った色とりどりの花が置かれていた。

賢太郎は〈モトハシ　ベーカリー〉に近づいていった。

ガラスドア越しに中の様子を窺(うかが)うと、ふたりの買い物客の向こうに白衣と白い帽子を被(かぶ)った店員の姿が見えた。若い女性であった。買い物客のひとりがドアを開けて出てきた。その時に、店員の声が聞こえた。

「ありがとうございます。またきて下さいね！」

賢太郎は閉まりかけたドアを摑むと、思いきって中に入ってみた。

カランコロンというカウベルの音がして、「いらっしゃいませ！」と、客を迎える元気のいい声が返ってきた。店員がこちらをちらりと見た。丁度、もうひとり残っていた買い物客のパンを袋詰めしている最中であった。

賢太郎はなんとなくパンの並ぶ棚を見てまわった。買い物客のすぐ横に見える棚に、〈アンコパン　百円〉と書かれた札があった。

買い物客が袋を受け取って、お店を出ていくと、「ありがとうございます。またきて下さいね！」と店員の声が送り出した。

その直後、「山田くん……？」と訊ねる声がした。賢太郎が店員を見ると、彼女は探るような目でこちらを見ていたが、やがて確信を持ったように続けた。「そうだよね、山田くんだよね」

NATURAL
YEAST
BREAD

賢太郎が頷いて、「元橋…香織さん?」と訊き返した。

「やだぁ、急にびっくりした。いつ帰ってきたの?」

そう言って笑った香織の頰には、あのえくぼが浮かんでいた。

「ついさっき。少し町を歩いてみようと思ってね。ぶらぶらしてたんだ」

「変わったでしょ、ずいぶん」

賢太郎は、「うん」と答えてから、「お母さんは、今でもパンを焼いてるの?」と訊いてみた。

「いないの、もう」

ひょっとして、訊いてはいけないことだったのではないか。賢太郎は気まずい思いに駆られた。

「ごめん、なんかヤなこと訊いちゃったみたいだね」

香織がちょっと驚いたように、賢太郎を見返してきた。それから、急に笑い出した。

「ごめんなさい、そういう意味じゃないの。お店にはもう、出なくっていいよって言ってあるの。今日も近所のお友だちと一緒に旅行にいってる」

「そういう意味か。俺、なんか勘違いしちゃってさ」

賢太郎も可笑(おか)しくなって、笑い出した。

「ねぇ、座って。急がないんでしょ、お茶出すから」

香織が喫茶スペースの椅子を賢太郎に勧めた。

二

香織がガラスのティーポットに温かいハーブティーを入れて、ティーカップと一緒に賢太郎のテーブルに運んできてくれた。

「これね、うちで自家栽培しているハーブなの。ためしてみて？」

香織が二、三回、ティーポットのお湯を揺すってから、ティーカップに注いでくれた。淡いうす緑色の液体がゆるやかにカップの中におさまっていくと、ハーブの葉のいい香りが湯気と共に立ちのぼってきた。

賢太郎はカップを手にすると、ひと口飲んでみた。口の中に、レモングラスの葉の香りがふんわりと広がっていった。

「おいしいね」

「でしょ。当店自慢の味ですから」

香織はドアの方を覗いて、客がこないのを確かめると、賢太郎の隣の椅子に腰かけた。

「向かいのスーパーが出来てから、普通のパン屋じゃダメだと思ってね、お母さんに相談して喫茶スペースを作ることにしたの。スーパーじゃ、焼き立てのパンを食べながらハーブティーを飲んだりは出来ないでしょ」

「いいアイディアだね」

「ただね。このあたりって田舎でしょ。実際にはそんな優雅な人ってあんまりいないのよ。くるのはいつも同じお客さんばっかり。それでも、常連さんがいてくれるのはありがたいんだけどね」

それから香織は気づいたように、「ごめんね、自分のことばっかり話して」と言ってから賢太郎に聞いてきた。「もう体の方はなんともないの？」

「ああ。そっちはもう、本当にすっかりよくなったよ」

香織には一度だけ手紙を出して、手術が成功したことを知らせていた。香織も、「よかったね。また会えるのを楽しみにしてるね」という返事をくれた。

しかし、人間というのは現金なもので、目の前に楽しいことがあると、遠くのことには気持ちがいかなくなる。それまでの時間を取り戻すかのように、賢太郎は友だちと野球やサッカーをして、毎日、日が暮れるまで遊びまわった。

そのうちに、香織に返事を書くことすら忘れてしまっていた。

「ごめんね、あれきり返事も出さなくて」

今さらながら、香織に済まないことをしたと思い謝った。

「いいよ、元気だったんなら。男の子には、男の子の楽しみがあったろうしね」

「喉元(のどもと)過ぎれば、熱さ忘れるってやつさ。本当に遊びに夢中だった。君だけじゃない、おばあちゃんにもあれだけ世話になったのに、ずうっとほったらかしだったから」

「おばあちゃん、亡くなったんでしょ?」

香織の耳にも、おばあちゃんの死のことは伝わってきているようだ。

「明日、おばあちゃんの家を取り壊すんだ。最後に見届けようと思って、仕事を休んでこっちにきたんだ」

「今は家族と一緒に暮らしてるの？」

「いや、マンションで一人暮らし。仕事の時間が不規則だからさ、その方がなにかと気を遣わずに済むんだ」

「お仕事ってなに？」

「広告代理店でね。企業ＣＭとかを作ってる」

「すごいじゃない！　業界人ってやつね」

「ぜんぜん」と、賢太郎は思いきり手を横に振ってみせた。「肩書きだけはＣＭプランナーなんて横文字使ってるけどさ、やってることは企業とタレントの太鼓持ちだよ」

謙遜（けんそん）などではない。これが今の賢太郎の本音であった。ここにくる前にも、納得のいかない仕事をひとつ片づけてきたばかりだ。スポンサーサイドと起用タレントの事務所の意向がまるで合わず、結局は賢太郎の立てたコンセプトをねじ曲げることで、なんとか両者の折衷を図る形となった。完成したCMは、賢太郎の望んでいたものとは百八十度違う作品に仕上がっていた。それでも、スポンサーとタレントが納得をしているのならばまだいい。当の両者が完成品に首を傾げながら、「狙いがよくわからない」と言うのだ。当たり前だ。このCMはもはや、商品を売るためのものでもなければ、タレントの好感度を上げるためのものでもない。みんなの顔色を窺（うかが）った挙げ句に、誰のものでもない作品に仕上がった〝妥協の産物〟だ。

この会社に入社した時は、もっとクリエイティブな仕事だと思っていたが、年を追って経験を重ねるごとに、それが誤りであったことに気づいた。

「いいものを作ろう、誰かを喜ばせようなんていうのはきれいごとだ。結局みんな、自分が生きることで精一杯なんだよ」

賢太郎は思わず、そう口に出して呟いていた。それから自嘲気味にこう続けた。「本当はこのまま、会社やめちゃおうかなと思ってさ。おばあちゃんの用事にかこつけて、逃げてきたんだ」

香織は賢太郎の話を黙って聞いていた。

賢太郎は飲み干したティーカップにまた、ハーブティーを注ぎ足した。

ドアのカウベルが鳴って、女子高生らしい買い物客がひとり入ってきた。香織は「いらっしゃいませ！」と声をかけると、賢太郎に「ゆっくりしてって」と言いおいて、接客に立った。

ハーブティーを飲みながら賢太郎は、香織にあんなことを話してしまったことをちょっと後悔していた。

会った早々、愚痴をこぼすなんて、甘っちょろい人間だな、俺は……。

急に恥ずかしくなってきて、この場を逃げ去りたくなった。香織が接客しているうちに帰ってしまおうかと、腰を浮かしかけた時に、買い物客の声が聞こえた。

「ワンコパン、三つください」

振り返ると、さっきは気づかなかったが、買い物客の前の棚に、〈ワンコパン　百二十円〉という札がかかっていた。

香織はワンコパンを袋詰めすると、会計を済ませて客を送り出した。

「さてと、そろそろ休憩の時間かな」

香織はドアの前の〈営業中〉の札を〈休憩中〉に引っくり返した。それからトレーにいくつかパンを取って、賢太郎のテーブルに戻ってきた。

「うちのパン、食べていって」

その上には、クロワッサンやマフィンと一緒に、さっきのワンコパンものっていた。

「ねぇ、ワンコパンて、もしかして……」

「そう、山田くんが作ったやつ。ごめんね、勝手にアイディアもらっちゃった。これね、今じゃうちの人気商品なのよ」

「ちょっと嬉しいな」

「山田くん、あの頃からセンスあったと思うよ。今でもおぼえてるな。このパンを焼いていた時の山田くんの顔すごく楽しそうだった」

香織に言われるまで、そんなことは忘れてしまっていた。

香織が窓から、向かいのスーパーの駐車場に目をやった。

「……ポチ、今頃どうしてるんだろうね？」

ポチ。

——その名前を聞いて、賢太郎の中に、さっきスーパーの駐車場で感じた、胸を締めつけるような感覚が蘇ってきた。

そうだった。あの頃俺は、向かいにあった空き地で、ポチという名前の犬とずっと遊んでいた。いや、ポチという名前も俺がつけたんだ。薄汚れたボールに油性マジックで〝ポチ〟という字を書きこんだ時の記憶が、賢太郎の頭の中ではっきりと像を結んだ。

毎日のように、俺はポチと一緒に空き地で過ごした。そうしてふたりで一緒に、〈モトハシ　ベーカリー〉のアンコパンを摘んでいた。

香織がくれた手紙にも、こう書いてあった。

〝ポチは山田くんを追いかけて、旅に出てしまいました。山田くんを恋しがって、毎日鳴いているポチを見ると、どうしても止められませんでした。ごめんなさい〟

「わたしはいつも、この窓から山田くんとポチを見てた。ふたりがおいしそうにうちのパンを食べてくれてるのを見るとね、明日もまたおいしいパンを作ろう、って思った。わたしも山田くんたちに励まされてたってこと」

香織は、淋しそうに賢太郎を見て言った。

「だから今日は、ちょっと残念だったな。今度、山田くんに会う時は笑顔でいてほしかった。だって、元気で生きてるんだもん。ポチだってきっと、どこかでそう思ってると思うよ」

そう言ってから香織は、「ごめんね、わかりもしないのに、なんか偉そうなこと言っちゃって」と賢太郎に謝った。

「いや、君の言う通りだと思うよ。せっかく生きてこれた時間を、俺は無駄に使っているのかもしれない」

気まずい沈黙が訪れた。

　賢太郎はハーブティーを飲み干すと席を立った。「そろそろ失礼するよ」

「パンは。食べていかないの？」

「袋に入れてくれるかな。持って帰って、おばあちゃんちで食べるよ」

　香織はトレーの上のパンを袋詰めにしてくれた。それから、店にある冷蔵庫から、三百五十ミリリットルのペットボトルを取り出して、「うちのハーブティーを冷やしたの。これも持っていって」と一緒に渡してくれた。

　お金を払おうとする賢太郎を、香織が制して言った。「ちょっと遅れちゃったけど、山田くんの全快祝い」

　賢太郎が店を出ると、香織も外まで見送りに出てくれた。

「会えてよかったよ」

　と賢太郎が言った。

「元気でね、バイバイ」と、香織が手を振ってくれた。

三

まだ、午後八時過ぎだというのに、闇の訪れたおばあちゃんの家には月明かりだけが射しこんでいた。春先の夜気は暖かく、窓を開けていても十分に過ごせる。

賢太郎は寝袋の上に腰を下ろして、さっき香織にもらったパンを齧(かじ)っていた。時間が経ってしまったので、少し硬くはなっていたが、クロワッサンもマフィンもおいしかった。ハーブティーを飲みながら、パンを一緒に飲み下すと、最後にワンコパンを手に取った。

ひと口齧ってみると、なつかしいアンコの味が口いっぱいに広がっていった。

香織はちゃんと、お父さんの作ったパンの味を受け継いだのだな、と思った。

パンをすっかり食べきると、コンビニで買ってきた缶ビールに手を伸ばした。それから、コンビニの袋から一緒に買ってきた漫画週刊誌をとり出して、ごろりと寝袋の上にうつ伏せになって読みはじめた。

こんなにのんびりした時間を過ごすのは、なん年ぶりだろうか。このところ、朝から晩まで仕事に追われる生活を続けていた。考える前に体を動かさなければ、めまぐるしく起こる事ごとに置いてきぼりをくらう。それが賢太郎の毎日であった。

ゆっくり自分のことを見つめ直せって、おばあちゃんがくれた最後の贈り物かもしれないな。

そんなことを思いながら、ビールを口に運んだ。

闇とあたりの静寂が、賢太郎の眠気を誘った。

いつのまにか賢太郎は、寝袋の上でうたた寝をはじめていた。

* * *

目を覚ましたのは、耳元で微(かす)かになにかの息遣いを聞いたからだ。

朦朧(もうろう)としながらも賢太郎は、目を閉じたままあたりに気を配った。

まさか、泥棒だろうか？　しかし、この家の様子を見れば、なにも持ち去るものなどないことに気づいて、すぐに退散するはずだ。

今さら、この土地に身寄りもなく、ましてや賢太郎を訪ねてくるものなどいるはずもない。

息遣いは賢太郎の頭上を通過すると、なにかをポトンと落としてからまた、遠ざかっていった。

賢太郎は薄目を開けて様子を見た。そばにはもう誰もいないようだ。頭をゆっくりと起こして、寝転がっていた頭上を見上げると、暗がりになにか丸い物体があった。

よく見ると、それは野球ボールだった。

やけに薄汚れていて、マジックでなにか書いてある。そのボールに手を伸ばして、月明かりの射しこむ方に転がしてみた。

〝ポチ〟

白く浮かび上がったボールには、そう書いてあった。

意識がはっきりとしてきて、賢太郎はガバッと体を起こした。気配が過ぎ去っていった方に目をやると、そこは庭先であった。

開け放った窓の外を縁側から見渡すと、昼間と違うその様子に目をみはった。

庭には、桜の木が植えられていた。小さな紅紫色の花が、枝から流れ落ちるように満開に咲いていた。

……どこかで、見たことのある光景だ。

それを思い出す間もなく、「ワン！」と、家の外から犬の吠える声がした。

まさか⁈

賢太郎は薄汚れたボールを摑むと、慌てて玄関から駆け出していった。

家の外には誰もいなかった。

気のせいだろうか？

手に握りしめていたボールを見た。

いや、気のせいなんかじゃない。

ある予感が賢太郎の脳裏をよぎった。

賢太郎は夜の道を駆け出していた。

あの頃、通い慣れた小学校への通学路を賢太郎はひたすら走り続けた。

子供の頃の自分なら、とっくに息が切れていただろう。だが、今は違う。

ただ無心に走り続けていた。

やがて、昼間のスーパーの前に辿(たど)り着いた。賢太郎とポチが遊んでいたあの場所だ。

賢太郎は立ち止まって、両膝に手をつき、荒い呼吸を整えた。

視線を上げた賢太郎は、目の前に広がる光景に言葉を失った。

そこにあるはずのスーパーは消えて、あの空き地が広がっていた。

空き地の真ん中には、ポチが待っていた。

「……ポチ」

ポチが賢太郎に駆け寄ってきて、自分の鼻先を賢太郎の体に押しつけてきた。柔らかい毛の感触が、賢太郎の体に触れてきた。

賢太郎はポチの前に屈むと、両手を広げてポチの全身をさすってやった。

ポチが気持ちよさそうに尻尾（しっぽ）をブルブルと振った。

「おまえ、生きてたのか」

ポチが、賢太郎が手にしたボールを鼻先で突っついた。

「え、投げろっていうの？」

それに答えるように、ポチが「ワン！」と吠えた。

賢太郎はボールを握り直すと、大きく振りかぶって投げた。

放物線を描いて飛んでいくボールを、ポチが全速力で追いかけていった。

ボールが落下する前に、ポチは見事なジャンプを決めて、ぱくりとくわえてキャッチした。

「いいぞ、ポチ！」

ポチが賢太郎のそばに走ってきて、ボールを転がした。

賢太郎がポチの体を強く抱きしめた。

「ごめんな、ポチ。長いことお前のこと忘れていて」

ポチがペロペロと賢太郎の顔をなめてきた。

「よせよ、くすぐったいよ、ポチ」

ひっくり返った賢太郎に、ポチが覆いかぶさるようにじゃれついてきた。服が汚れるのも気にせず、賢太郎はゴロゴロと空き地に転がってポチとじゃれあった。

「もう一度、いくぞ」

賢太郎がボールを投げると、ポチがまた駆け出した。

ボールが地面に落下する直前、前脚を思いきり蹴(け)って首を突き出したポチは、地面すれすれでボールをキャッチした。

「すごいぞ、ポチ!!」

ポチはそのままUターンをして、賢太郎のもとに戻ってきた。

「次はもっと遠くに投げるからな」

賢太郎はポチからボールを受け取ると、また投げた。

ボールは空き地の向こうに続く、草むらの中へと落下していった。

しかし今度は、ポチが草むらの前で立ち止まってしまった。

「どうした、ポチ?」

ポチが賢太郎を振り返って見つめていた。

それから尻尾（しっぽ）を振りながら、「ワン!」とひときわ大きな声で吠えた。

悪い胸騒ぎがした。

ポチはきっと、あの草むらに入ったら二度と戻ってこない。

「ポチ、もういい。戻ってこい!」

ポチは背中を向けると、草むらの方に歩き出した。

「いくな、ポチ!」

ポチはゆっくりと、草むらの中に踏み入っていった。

賢太郎がポチを追って、草むらの中に駆け込んだ。

草をかき分けながら、ポチの名前を叫び続けた。

しかしポチの姿は、もうどこにもなかった。

賢太郎はもう一度、大きな声でポチの名前を叫んでみた。

「ポチ〜!!」

*　*　*

自分のあげた声で、賢太郎は目を覚ました。

あたりはまだ真っ暗だった。

そこはおばあちゃんの家の中であった。

寝袋の上から体を起こすと、賢太郎は開け放たれたままの庭先に目をやった。

桜の木など、どこにもない。元通りの丸裸の庭が広がっていた。

夢を見ていたのだ。

リアルな夢だった。さっき触れたポチの毛の感触が、今でも手に残っていた。きっとポチは、お別れを言うためにわざわざ夢の中に現れたのだ、と賢太郎は思った。

しかし、もう一度、庭に目を向けてから考え直した。

月明かりの下に、ボールが落ちていた。

裸足（はだし）のまま、庭に降りてそのボールを拾い上げてみた。

薄汚れたボールには、確かに賢太郎の字で、〝ポチ〟と書いてあった。

そうか、このボールはおまえがアンコパンのお礼に、俺にくれたものだったな。ポチ、おまえはきっと、このボールを俺に渡すために会いにきてくれたんだな。

「ありがとう、ポチ」

声に出して、そう呟いてみた。

ふいに、さっき見た桜の木のことを思い出した。

そうだ。あれはおばあちゃんが死んだ日の朝だった。

＊　＊　＊

K大付属病院の個室で息を引き取ったおばあちゃんを看取った時、眠るように目を閉じた彼女の枕元から、窓の向こうの桜の花が目にとまった。

その花を見ていると、賢太郎の気持ちは不思議と安らいだ。

両親がおばあちゃんの亡骸と別れを惜しんでいる間、賢太郎は中庭に出てみた。さっきの桜の木がそこにあった。小さな木であったが、その花びらは紅紫色に咲き開き美しかった。

「オカメ桜って、いうんですよ」

そう声がして、三十代半ばくらいの女性の看護師がこちらに近づいてきた。その看護師は手にした如雨露で桜の木に水をやった。

「きれいでしょ。十五年前に植樹したものなんですけど、毎年きれいな花を咲かせてくれます。この花が咲くと、患者さんが早く元気になってくれる気がするんです」

看護師は桜の枝振りを調べながら、「気休めかもしれませんけど、願かけみたいなものです」と呟いた。

「願かけってなんですか？」

と賢太郎が訊いてみた。

「昔、この病院に名物のワンちゃんがいたんです。その子がいる間は、急患で運ばれてくる患者さんがみんな助かったんです。病院の守り神みたいなもんですね。だからその子が死んだ時に、ここに埋めてこの桜の木を植樹したんです」

「そうですか」

「病院は医療で患者さんを助けるところですから、願かけなんて笑われるかもしれませんけど、医者も患者さんも同じで、なにか心の支えがほしいものなんです」

連絡通路の方から、若い女性の看護師が姿を見せて、こちらに呼びかけてきた。

「小原婦長、先生がお呼びです！」

賢太郎と話していた看護師が、「今、行くわ」と答えて、賢太郎に会釈をしてから足早に立ち去っていった。

その背中を見送ってから、賢太郎はもう一度桜の木に目をやった。

なぜだか急に、胸が締め付けられるような感情が込み上げてきた。

エピローグ

おばあちゃんの家の取り壊し作業は、あっという間に済んでしまった。長い年月を経て老朽化していた木材は、小型ショベルカーのアームによって嘘のように簡単に崩されていった。

すべての作業が昼前には終わり、おばあちゃんの家のあった場所はすっかり更地に戻ってしまった。

それを見届けてから、賢太郎はその場を後にした。

それから賢太郎は、昨夜の空き地のあった場所に足を向けてみた。そこには昨日の昼間と同じように、スーパーが建っていた。

賢太郎はちょっとほっとした気分だった。ポケットの中の、あの薄汚れたボールの感触を確かめてみて、自分に言い聞かせるように念じた。

大丈夫だ、確かにここは現実の世界だ。

＊　＊　＊

休憩中の札の掛かった〈モトハシ　ベーカリー〉のドアを軽くノックしてみた。その震動で、ドアに付けられたカウベルが鳴っていた。

店の奥からやってくる香織の姿が、ガラス越しに見てとれた。

ドアの外に立っているのが賢太郎だと気づくと、香織はちょっと意外そうに目を見開いてから、鍵（かぎ）を開けてくれた。

「どうしたの？　もう帰ったのかと思った」

「取り壊しも済んだから、もう帰るよ。でも、その前にちょっとお願いがあったんだ」

「なに？」

「午後の仕こみってこれからだよね？」

「そうだけど」

なにが言いたいのだろうかと、香織が探るように賢太郎の顔を覗き見た。

「一緒に手伝っていいかな。また焼いてみたいんだ、ワンコパン」

その言葉を聞くと、香織は嬉しそうにえくぼを浮かべて微笑んだ。

賢太郎が不器用な手つきで、パン生地を摘んで形を整えていく。子供の頃に香織に教わったコツなど、とうに忘れてしまっているので、なかなかうまくはいかない。

その様子を香織が笑いながら見ていた。

「さっき、ドア越しに山田くんが立ってるのを見た時、本当に嬉しかった」

「どうして?」

「たぶんもう、山田くんと会うことはないんだなって思ってたから。だって、昨日あんなこと言っちゃったし。怒ってたんじゃない?」

「怒ってないよ。むしろ、へこんでた、っていうべきかな」

「やっぱり、傷ついてたんだ」

「そりゃ、人間ですから。落ちこみもします」

作り終えたパン生地をトレーに並べていった。それから、トレーをオーブンに入れて、タイマーをセットした。

その間に、香織が昨日とは違うブレンドのハーブティーを出してくれた。

ふたりはハーブティーを飲みながら、パンが焼き上がるのを待った。

「わたしもね、山田くん、ここを離れて違う町で、ひとりで暮らしていたことがあるの」

香織はちょっと躊躇(ためら)ってから、思いきったようにそう言った。

「あの頃のわたしは、パン屋の店先で過ごすのに飽き飽きしてた。なんでもいい、どこか遠くで他の仕事をしてみたい。違う暮らしをしてみたい、って」

賢太郎が知っていた香織は、パン屋の店先でいつも笑顔を振りまいている女の子だった。しかし、彼女の人生にもまた、戸惑いの時期があったのだ。

「その町でいろんな人とも出会ったし、好きな人も出来た。でも、つらい思いもたくさんしたわ。仕事を転々としたこともあったし、それから好きな人とも別れた。そんな時に思ったの。ああ、うちのパンが食べたいな、って。気がついたら、荷物も持たずに電車に飛び乗ってた」

カップを持つ手を下ろして、賢太郎は香織の話に聞き入っていた。

「ここに帰ってきて、お母さんが焼いてくれたパンを食べてたら、ぽろぽろ涙が溢れてきた。すごくあったかくて、おいしかった。わたしもこんなパンを焼きたいって心から思ったの」

香織が賢太郎の視線に気づいて、照れたように笑った。「ほら、冷めちゃうから飲んで」

香織に促されて、賢太郎はまたハーブティーを口に運んだ。

「子供の頃のわたしは、仕方なくこのお店に立ってた。でも、今は違う。わたしは自分の意志でこのお店に立ってるの。おいしいパンを食べた、みんなの笑顔が見たいから」

「不思議だな」と賢太郎が言った。「君と一緒にパンを作っていると、いつも俺は君から勇気をもらうんだ。もう少し強く生きていこう、って」

しばらくすると、パンの焼き上がるいい匂いが漂ってきた。オーブンを開けると、ふっくらと小麦色に焼き上がったパンが湯気を立てて並んでいた。

「ねぇ、ちょっと見て」と、賢太郎が自分で作ったワンコパンを取り上げると、それをふたつに割った。

香織が中を覗(のぞ)いてみると、アンコの中に赤い色の付いた丸い粒が入っていた。

「なぁに、これ？」

賢太郎はポケットからなにかをとり出して、香織の前に出してみせた。それは、マーブルチョコのケースだった。ここにくる前に、向かいのスーパーに立ち寄って買ってきたのだ。

「アンコの中にね、これをひと粒入れておくんだ。赤いマーブルチョコが出たら恋愛運アップ。黄色いマーブルチョコが出たら金運アップ。色のバリエーションは、いくらでも考えられる。名づけて、おみくじワンコパン。こんなコピーはどうかな。『一個でもワンコ、アンコと幸せがいっぱいのおみくじワンコパン！』」

香織が賢太郎の作ったワンコパンを見ながら言った。

「山田くん、やっぱりあなたは、今の仕事が好きなんだよ。やめたら、駄目だよ」

賢太郎は香織に頷いてみせてから、出来たてのワンコパンをガブリと齧った。

ワンコパンとハーブティーをお土産にもらって、賢太郎は〈モトハシベーカリー〉を出た。

今日も香織は店先で賢太郎のことを見送ってくれた。

「気をつけて帰ってね、バイバイ！」

「そうじゃないよ」と賢太郎が言った。

「子供の頃、君はいつもこう言って見送ってくれた。〝ありがとう、またきてね〟」

賢太郎は香織の言葉を待った。

香織の頬に、またいつものえくぼが浮かんだ。

「ありがとう、またきてね」

香織がそう言った。

「きっとまたくる。今度はもっと早くね」

賢太郎が香織に手を振りながら歩き出した。

明日からまた、いつもの生活に戻ろう。

嫌なこともいっぱいあるけど、大丈夫だ。俺はまだ生きていける。

香織に背を向けて、前を向いて歩いていく。

ポケットの中のボールを握りしめてみた。

これからは、もっと強く生きていける。

いつか結婚して、家庭を持って子供が産まれたら、その時は犬を飼おう。

もちろん、名前はポチだ。

子供と一緒に、このボールでポチと遊ぼう。

待っててくれよ、ポチ。

今度は、俺がおまえに会いにいく番だ……。

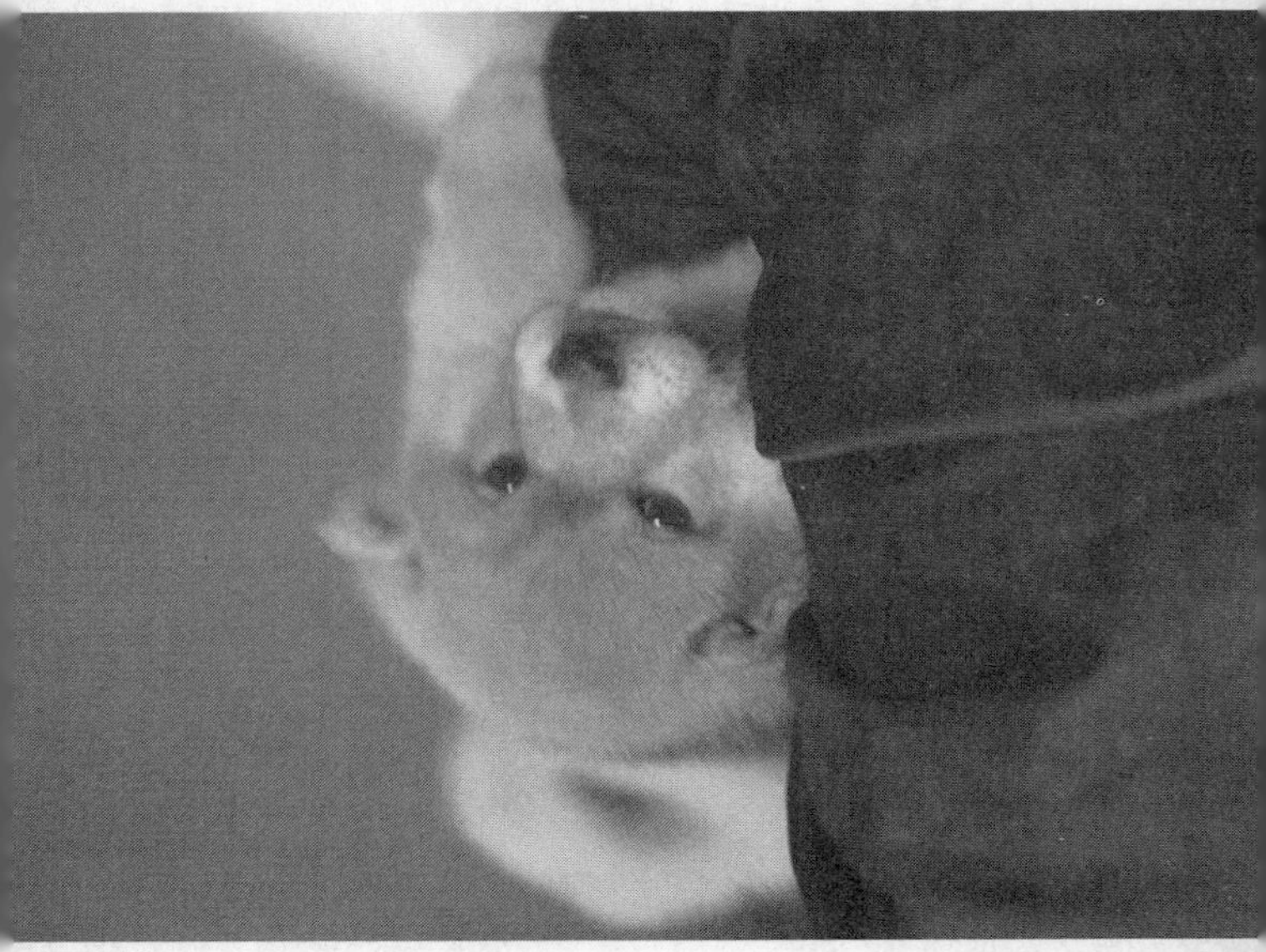

本作品は映画『いぬのえいが』から、佐藤信介脚本・犬童一心監督による「ポチは待っていた」を小説化し、文庫用に書き下ろしたものです。

映画『いぬのえいが』公式ホームページ
http://www. inunoeiga. com

いぬのえいが

小説・ポチは待っていた

竹内清人

角川文庫 13694

平成十七年二月二十五日　初版発行

発行者——田口惠司

発行所——株式会社角川書店

東京都千代田区富士見二—十三—三

電話　編集(〇三)三二三八—八五五五

営業(〇三)三二三八—八五二一

〒一〇二—八一七七

振替〇〇一三〇—九—一九五二〇八

印刷所——旭印刷　製本所——コオトブックライン

装幀者——杉浦康平

た 51-1　ISBN4-04-378401-5　C0193

角川文庫発刊に際して

角川源義

第二次世界大戦の敗北は、軍事力の敗北であった以上に、私たちの若い文化力の敗退であった。私たちの文化が戦争に対して如何に無力であり、単なるあだ花に過ぎなかったかを、私たちは身を以て体験し痛感した。西洋近代文化の摂取にとって、明治以後八十年の歳月は決して短かすぎたとは言えない。にもかかわらず、近代文化の伝統を確立し、自由な批判と柔軟な良識に富む文化層として自らを形成することに私たちは失敗して来た。そしてこれは、各層への文化の普及滲透を任務とする出版人の責任でもあった。

一九四五年以来、私たちは再び振出しに戻り、第一歩から踏み出すことを余儀なくされた。これは大きな不幸ではあるが、反面、これまでの混沌・未熟・歪曲の中にあった我が国の文化に秩序と確たる基礎を齎らすためには絶好の機会でもある。角川書店は、このような祖国の文化的危機にあたり、微力をも顧みず再建の礎石たるべき抱負と決意とをもって出発したが、ここに創立以来の念願を果すべく角川文庫を発刊する。これまで刊行されたあらゆる全集叢書文庫類の長所と短所とを検討し、古今東西の不朽の典籍を、良心的編集のもとに、廉価に、そして書架にふさわしい美本として、多くのひとびとに提供しようとする。しかし私たちは徒らに百科全書的な知識のジレッタントを作ることを目的とせず、あくまで祖国の文化に秩序と再建への道を示し、この文庫を角川書店の栄ある事業として、今後永久に継続発展せしめ、学芸と教養との殿堂として大成せんことを期したい。多くの読書子の愛情ある忠言と支持とによって、この希望と抱負とを完遂せしめられんことを願う。

一九四九年五月三日